거북이 담장에 오르다

거북이 남장에 오르다

슬립링코리아 정재영 대표의
사랑과 성공의 여정

StarRich
Books

거북이 담장에 오르다

초판인쇄 2019년 7월 15일
초판발행 2019년 7월 20일

지은이 정재영
펴낸이 이혜숙
펴낸곳 (주)스타리치북스

출판감수 이은희
출판책임 권대홍
출판진행 황유리
편집교정 김영희
본문삽화 한재홍
본문편집 스타리치북스 디자인팀
캘리그라피 정경숙
홍보마케팅 허성권

등록 2013년 6월 12일 제2013-000172호
주소 서울시 강남구 강남대로62길 3 한진빌딩 2~8층
전화 02-6969-8955

스타리치북스 페이스북 www.facebook.com/starrichbooks
스타리치북스 블로그 blog.naver.com/books_han
스타리치몰 www.starrichmall.co.kr
홈페이지 www.starrichbooks.co.kr
글로벌기업가정신협회 www.epsa.or.kr

값 15,000원
ISBN 979-11-85982-62-5 13810

사랑합니다
그리고 감사합니다

불과 10여 년 전만 해도 상상으로만 가능하던 100세 시대가 드디어 현실로 다가왔습니다. 특별한 일이 없는 한 누구나 한 세기를 살아갈 수 있게 된 것입니다. 이는 단순히 생명의 연장만을 의미하는 것이 아닙니다. 길어진 시간만큼 삶의 의미가 가치 있어져야 한다고 생각합니다.

저도 어느덧 지천명의 나이가 되었습니다. 100세 시대를 기준으로 본다면 생의 반환점을 돌아 인생의 후반전에 접어든 셈입니다. 이제 조금이나마 철이 든 것인지, 최근 들어 세월이 유수와 같다는 어른들의 말씀이 마음에 와닿는 것을 느낍니다. 흐르는 세월을 잡을 수는 없지만 세월 속에 담긴 소중한 추억들을 일기장에 정성껏 써 내려가다 보니 어느덧 책 한 권이 되었습니다.

제 삶이 아직은 성공이라 부르기에는 부끄럽습니다. 해야 할 일도 많고 하고 싶은 일도 많습니다. 그런데도 일기를 모아 책으로 출간하는 것은 생의 반환점에서 하나의 매듭이 필요하다고 생각했기 때문입니다.

지금까지 살아온 시간을 되돌아볼 때 앞으로 살아갈 날들의 밑그림을 더욱 의미 있게 그릴 수 있을 테니까요. 그러므로 작은 성과를 부풀려 과장할 이유도 없고, 부끄러운 기억을 감출 이유도 없다고 생각했습니다. 오래된 흑백사진을 펼쳐놓듯 삶의 여정과 그 과정에서 겪은 어려움과 고뇌를 가감 없이 적어 내려갔습니다. 『거북이 담장에 오르다』는 지나온 삶의 성찰이며, 앞으로 살아갈 생의 후반전을 위한 자산이니까요.

아울러 곁에 있는 사람들에게 진심을 다해 감사하다는 인사를 드리고 싶습니다.

한평생 거북이처럼 느린 걸음으로 살아왔다고 생각했는데, 어느덧 저는 꿈꾸던 담장에 올랐습니다. 혼자 힘으로는 절대로 오를 수 없는 험난한 길이었습니다. 아버지의 사랑과 아내의 희생, 그리고 슬립링코리아 임직원의 도움이 있었기에 간절히 바라던 꿈들을 하나씩 이뤄나가고 있음을 알고 있습니다.

〈뿌리〉로 퓰리처상을 수상한 미국의 소설가 알렉스 헤일리의 거실에는 담장에 오른 거북이 사진이 있다고 합니다. 자신의 뿌리를 찾아, 노예로 살았던 선조들의 삶을 기록하면서 그는 비통함과 참담함을 느꼈을 겁니다. 지난날 흑인들에게 자유는 이룰 수 없는, 그러나 간절히 원하는 꿈이었습니다. 높은 담장에 오르고 싶어 하는 거북이처럼 말입니다.

시간이 흘러 자유를 쟁취한 흑인처럼 거북이도 끝까지 포기하지 않으면 담장에 오를 수 있습니다. 험난한 길을 걷다 보면 누군가는 기꺼이 디딤돌이 되어주고 도움의 손길을 건네기도 하니까요. 알렉스 헤일리는 이러한 사실을 잊지 않고자, 담장에 오른 거북이 사진을 보며 감사하는 법을 깨우고 더불어 살아가는 지혜를 길렀다고 합니다.

그의 철학처럼 서로가 서로의 부족함을 채우고 감사하며 기꺼이 자신의 것을 나눈다면 우리 모두 높은 담장에 오를 수 있습니다.

삶의 굴곡마다 제가 겪었던 고민과 선택, 결코 평범하지 않았던 환경을 극복하려는 실천들이 누군가에게 작은 희망이 되길 바랍니다. 인생은 개척할 대상이며, 행복은 스스로 만드는 것임을 제 삶이 말해주고 있으니까요.

사랑하는 가족 그리고 슬립링코리아의 임직원을 비롯한 지인들에게 이 책을 빌려 감사 인사를 드립니다. 진심으로 사랑합니다.

목차

어디서 무슨 일을 하든 주인정신을 갖고 내 일처럼 최선을 다해왔다고 자부했지만, 이제 진짜 내 일을 시작하고 보니 밤을 지새워도 피곤한 줄 몰랐다. 어쩌면 여기서 실패하면 더는 물러설 곳이 없다는 절박함이 육체의 피로를 무감각하게 만들었는지도 모른다.

1

첫 마음으로 일궈낸
새로운 길

소박한 꿈,
행복한 가정을 위한 선택

사회적으로 성공한 사람들의 인생을 들여다보면 꿈을 이루기 위해 노력했던 많은 날이 밤하늘의 별처럼 빼곡히 채워져 있다. 고난과 역경을 헤치며 무에서 유를 창조한 경험들은 깊은 감동을 전해주며, 동시에 그들처럼 살고 싶다는 열망을 품게 한다. 그들을 닮아간다면 언젠가는 꿈을 이룰 수 있으리란 희망이 생기기 때문이다. 더욱이 눈부시게 푸르른 청춘일 때는 두려울 것도, 도전하지 못할 일도 없다. 그들에게는 온 세상이 무한한 가능성의 공간이다.

그러나 지난날의 내 모습을 되짚어보면 꿈이 없다고 해도 과언이 아니었다. 코흘리개 꼬마 시절부터 '돈을 많이 벌고 싶다'고 생각했지만, 이는 꿈이라기보다는 생계를 위한 절박한 몸부림이었다.

한 여자의 남편이 되고 아이들의 아버지가 된 뒤에도 마찬가지였다. '돈을 벌고 싶다'는 바람은 꿈을 향해 나아가는 여정이 아니라, 지금이 순간 먹고사는 문제였다. 가족을 굶겨서는 안 된다는 가장으로서의 책임감만 있었을 뿐 '꿈, 도전, 성공' 등은 나와는 거리가 먼 다른 세상의 이야기였다. 그러니 그때는 사업을 한다는 것은 꿈에서조차 생각해본 적 없는 일이었다.

하지만 운명은 나에게 예상치 못한 길을 열어주었다. 가족의 생계를 책임져야 한다는 중압감과 함께, 더는 할 수 있는 일이 없다는 절박함이 나를 사업으로 이끌었기 때문이다. 그 중심에는 나를 믿고 따라준 아내의 사랑과 응원이 있었다. 그 덕분에 내 삶은 이제 꿈을 향해 나아가는 어느 남자들처럼 끊임없는 도전과 열정으로 채워져 있다. 그 안에는 슬립링코리아의 지속가능한 성공과 임직원의 행복, 그리고 아내의 미소와 아이들의 웃음소리가 있다.

지금도 나는 자문자답을 하며 내 삶의 우선순위는 가족이라고 되뇐다. 그만큼 가정이 소중하다는 의미이기도 하지만, 내 어린 시절이 행복하지 못했다는 방증이기도 하다. '밤새워 울어본 사람만이 인생을 논할 수 있다'는 독일의 문호 괴테의 말처럼 어렵고 힘들었던 시간은 나를 단단하게 만들어주었고, 어떻게 살아가야 하는지를 가르쳐주었다.

임직원에 대한 애틋한 감정도 여기서 비롯된다. 누구보다 힘들게 살아온 내가 힘없고 가난한 사람의 설움을 왜 모르겠는가? 힘닿는 한 한솥밥을 먹는 사람들의 꿈과 행복을 지켜주고 싶은 것이 나의 바람이다. 이는 기업의 CEO로서 글로벌 경쟁력과 지속가능한 성장 동력을 확보하는 것 못지않게 중요한 일이다. 주위 사람들과 더불어 행복해지고 싶다는 꿈, 소박하지만 그 꿈이 우리가 사는 세상을 더 살기 좋은 곳으로 발전시킨다고 믿는다.

이렇듯 살아온 시간이 살아갈 시간의 나침반이 되어준다는 것을 알기에, 나는 작은 성공에 도취하기보다는 겸손한 자세로 다 함께 성장하고 행복해지는 길을 모색하고 있다. 틈틈이 써왔던 일기를 엮어 책으로 출간하겠다고 결심한 이유 역시 지난날의 나처럼 절망의 끝자락에 서 있는 사람들에게 작으나마 희망을 전해주고 싶은 바람에서다.

천 길 낭떠러지로 떨어졌을 때 비로소 자신에게 날개가 있다는 사실을 깨닫고 창공을 향해 날아오르는 아기 새처럼, 위기는 기회가 되고 절망은 희망이 될 수 있다는 사실을 알려주고 싶다. 아울러 지나온 삶의 궤적을 되돌아봄으로써 앞으로 펼쳐질 또 다른 세계에 대비해보고자 한다.

창업자금이 단돈 100만 원?

투자의 귀재 워런 버핏은 "성공전략은 목표를 어떻게 이룰 것인지가 아니라, 무엇을 하지 않을 것인지 선택하는 데 있다"고 말했다. 어려서부터 내가 일관되게 지향했던 삶은 '아버지처럼 살지 않는 것'이었다. 또 슬립링코리아의 대표가 된 뒤에는 내가 직장생활 중에 느꼈던 부당함을 직원들이 느끼지 않게 하고자 노력하고 있다.

그 과정에서 100만 원으로 시작한 슬립링코리아는 연 매출 100억 원대의 건실한 회사로 성장했다. 함께하는 직원도 30여 명에 달한다. 이 정도 규모로 성장하기까지 매 순간순간이 나에게는 기적이었으며, 초창기부터 함께한 슬립링코리아의 임직원은 가족과도 같은 소중한 인연이다. 그 덕분에 나와 우리 회사의 임직원은 목표를 공유하고 한 방향을 향해 나아가고 있다.

이쯤 하면 대다수 사람이 미간에 엷은 주름을 잡으며 "창업자금이

100만 원이었다고? 설마"라며 고개를 내저을 것이다.

나는 흙수저의 표본이라 해도 과언이 아닐 정도로 가진 것이 없었다. '개천에서 용이 나올 수 없다'고 이구동성으로 외치는 지금, '창업 자금 100만 원에서 연 매출 100억 원'이라니 그야말로 판타지 소설처럼 들릴 것이다. 그러나 한 달 치 월급에도 못 미치는 그 돈이 그 당시 나의 가족을 지킬 수 있는 마지막 보루였다.

창업하기 몇 달 전에 나는 경매입찰에 참여해 가까스로 4,300만 원짜리 연립주택을 마련했다. 그나마도 대출로 자금을 마련했으니 온전한 의미에서 내 집은 아니었다. 직장생활을 계속하면서 대출금을 갚아 나갔으면 좋았으련만, 인생은 언제나 내게 녹록지 않았다. 마흔 나이에 회사를 나와 졸지에 실업자가 된 것이다. 나와 아내는 처음으로 내 집을 마련했다는 기쁨을 만끽하기도 전에 월셋방으로 거처를 옮겨야 했다. 대출금을 갚고 남은 돈이 월세보증금의 전부였으니, 갓 태어난 막내를 비롯해 세 아이를 키우기에는 너무도 열악한 환경이었다. 해산한 지도 얼마 안 되는 아내에게 미안해서 얼굴을 들 수가 없었다. 무책임하게 회사를 그만두었다고 책망할 법도 한데, 아내는 오히려 힘들어하는 나를 격려했다.

"나는 당신을 믿어요. 지금은 어렵고 힘들어도 언젠가 당신의 능력을 펼칠 기회가 반드시 올 거예요."

아내의 변함없는 신뢰는 나에게 든든한 힘이자 희망이었다. 하지만 한편으로는 부담이기도 했다. 나 자신도 나를 믿을 수 없었기 때문이다. 아내뿐 아니라 아버지, 고모, 누나 등 주위의 모든 사람이 나에게

"너는 뭘 해도 성공할 거야"라고 말했다. 그럴 때마다 '나는 이렇게 작고 초라한데 대관절 어떻게 성공할 수 있어?'라고 스스로에게 반문하곤 했었다.

가족의 신뢰와 격려가 고맙긴 했지만 현실의 나는 한없이 초라했으니, 격려의 말이 오히려 반항심에 불을 붙이기도 했고 때론 더 큰 좌절이 되어 돌아오기도 했었다. 고등학교를 졸업한 이래로, 아니 그보다 훨씬 전부터 최선을 다해 살아왔지만 가난을 면치 못한 터라 내 마음속에는 깊은 슬픔이 내재되어 있었던 것이다. 전 재산이 100만 원인 상황에서 미래를 낙관하고 희망을 갖는다면 그게 더 이상한 일이 아니겠는가.

다만, 현실이 암담하다고 해서 절망의 늪에 빠져 허우적거리지는 않았다. 코흘리개 시절에도 고물을 주우며 제 밥벌이를 했는데, 설마 마흔을 넘긴 장부가 되어 식구들 밥이야 굶기겠는가. 모순적이지만 나 자신을 믿지 못하면서 동시에 믿고 있었던 것이다.

나는 100만 원을 가장 효율적으로 사용하고자 전략을 세웠다. 다행히 직장생활을 하면서 인연을 맺었던 지인의 공장 한 칸을 얻어 사무실 겸 작업장으로 사용할 수 있게 되었다. 조건은 보증금 300만 원에 월세 30만 원이었다. 우선 내가 가진 돈의 일부를 보증금으로 내고 나머지는 벌어서 갚기로 했다. 더는 물러설 곳이 없다는 절박함이 오히려 어렴풋하지만 나아갈 길을 보여준 것이다.

더부살이 생활이 시작됐지만 내 일을 한다는 것은 한 번도 경험해보지 못한 즐거움이었다. 어디서 무슨 일을 하든 주인정신을 갖고 내 일처럼 최선을 다해왔다고 자부했지만, 이제 진짜 내 일을 시작하고 보니 밤을 지새워도 피곤한 줄 몰랐다. 어쩌면 여기서 실패하면 더는 물러설 곳이 없다는 절박함이 육체의 피로를 무감각하게 만들었는지도 모른다.

주어진 시간은 한 달, 여기서 실패하면 기회는 오지 않는다고 되뇌며 나 자신을 채찍질했다. 그해 12월은 내 생애에 있어서 가장 절실한 마음으로 열정을 불사른 시기로 기억된다. 밥을 먹을 새도, 잠을 잘 틈도 없이 좁은 작업장 안에서 모든 에너지를 쏟아부었다. 직장생활 동안 슬립링을 개발해보았던 경험이 큰 자산이 되어 비교적 빠른 시간에 첫 제품을 완성할 수 있었다.

이런 걸 보면 인생에는 결코 헛된 경험이 없는 것 같다. 지난날 내가 근무했던 회사는 독일 등지에서 슬립링을 수입해 판매하는 무역회사였다. 유럽을 오가며 슬립링의 제작원리와 성능을 꼼꼼하게 배우다 보니 '슬립링 국산화'의 꿈이 서서히 자라기 시작했다. 누가 시킨 것도 아닌데 설계도를 그리고, 밤을 지새우며 슬립링 제작을 위한 시연을 해보기도 했던 것이다. 그 덕분에 창업한 지 한 달 만에 뛰어난 기술력과 합리적인 가격, 두 가지를 모두 만족시키는 제품을 만들어내는 데 성공했다.

홈페이지를 제작하고 슬립링을 판매하기 시작하자 거짓말처럼 주문이 들어왔다. 특별히 홍보를 하지 않아도 주문이 들어온다는 것은 슬립링 수요가 많다는 것을 의미했다. 그때부터는 정말이지 먹지 않아도 기운이 샘솟고, 밤을 새워 작업해도 정신이 맑았다. 가족을 지킬 수 있다는 희망 안에서 초인적인 힘이 발휘된 것이다.

정신없이 한 달을 보내고 장부를 정리해보니 매출 350만 원에 순이

익은 자그마치 200만 원이었다. 투자금의 두 배를 벌었다는 뜻이다. 그때의 감동을 어떻게 말로 표현할 수 있을까? 200만 원은 나에게 세상을 살아갈 수 있도록 도와줄 빛이자 소금이었다. 매출은 매달 두 배씩 성장했고, 1년 뒤에는 2억 4,800만 원이라는 어마어마한 숫자가 되어 돌아왔다.

한때는 불행이 내 뒤를 쫓아다닌다고 생각했었다. 죽을힘을 다해 노력해도 다시금 뒤를 돌아보면 불행이 그림자처럼 자리하고 있었기 때문이다. 직장생활 동안 가까스로 슬립링 국산화에 성공했을 때도 마찬가지였다. 국가경쟁력 제고에 일조했다는 자부심과 함께 회사의 매출 신장에 도움이 될 것이라 믿었는데, 시장의 반응은 싸늘했다. 그때는 아직 국산 슬립링 수요가 많지 않았던 것이다.

인생에 만약이란 없지만, 가끔은 당시 슬립링 수요가 많았다면 어떻게 되었을까 상상해본다. 아마도 나는 퇴사를 결심하지 않았을 테고, 회사 역시 나를 놓아주지 않았을 것이다. 괴롭고 절망스러웠던 일이 결과적으로 내 삶을 변화로 이끄는 나침반이 되어준 것이다.

오랫동안 어렵고 힘든 시간을 견디어왔기에 나는 자신 있게 말할 수 있다. 인생은 결코 행복과 불행, 기쁨과 좌절, 희망과 절망이 각각 혼자만 오지 않는다는 것을. 목표를 이루었을 때 다시금 난제가 나타나고, 정상에 올랐을 때 막다른 길이 나올 수도 있다. 그림자처럼 꽁무니를 따라다니던 불행이 세월의 흐름 속에서 행운의 여신으로 서서히 변할 수도 있는 것, 이것이 바로 인생이다.

설명하기보다 경청하라

　어른들이 말씀하시길 귀가 둘이고 입이 하나인 것은, 말하는 것보다 듣는 데 더 많은 시간을 할애하라는 의미라고 한다. '침묵은 화를 부르지 않는다'는 격언도 있지만, 말을 아끼고 상대의 이야기를 경청한다는 것은 쉬운 일이 아니다. 경청이란, 상대가 전하고자 하는 바를 두 귀뿐 아니라 마음으로 듣고 이해하는 것을 의미하기 때문이다.

　경청하려면 상대방의 이야기에 공감해야 한다. 다행히 나는 천성적으로 타인의 감정에 공감을 잘하는 편이다. 아버지의 삶의 방식을 닮지 않겠노라 다짐했지만, 아버지를 원망하거나 미워하지는 않았다. 나를 두고 떠난 어머니를 그리워하고 원망하면서도 그럴 수밖에 없었던 상황 또한 이해했다. 세상 사람들 모두 저마다 가슴 아픈 사연 하나씩은 가슴에 품고 살아간다는 것을 알기에, 납득할 수 없는 상황에 직면해도 상대의 입장에서 생각해보려고 노력하는 것이다.

이것이 내가 절망에서 희망을 찾은 비결이자 슬립링코리아의 성공 비결이다. 실제로 많은 사람이 슬립링코리아의 성장이 드라마틱하다며 비결이 무엇인지 묻곤 한다. 그럴 때면 마땅한 대답이 떠오르지 않아 "가족을 지키기 위해 최선을 다했다"고 말한다. 하지만 한 해 두 해 지나면서 나 역시 슬립링코리아의 성장 비결이 무엇일까 스스로에게 묻기 시작했다. 경쟁력은 물론이거니와 약점까지 정확히 알고 있어야 도약이 가능하기 때문이다.

슬립링코리아의 첫째 성공 비결은 앞서도 말했지만 뛰어난 기술력과 합리적인 가격이다. 특별히 광고나 홍보를 하지 않았지만 만족도가 높아 입소문이 나기 시작하면서 고객이 가파르게 증가한 것이 이를 증명한다.

둘째 비결은 신뢰다. 우리는 다수의 거래처와 좋은 관계를 맺고 있다. 한 번 인연을 맺은 거래처는 대다수가 충성고객으로 발전한다. 거래처의 니즈를 충족시켜주기 위해 그들의 요구사항을 경청하고 제품 개발에 반영한 결과다. 고객의 요구와 필요에 따라 새로운 제품을 제작할 때도, 규격화된 기성품을 납품할 때도 경청이 전제되지 않으면 감동을 줄 수 없다. 납품이 끝난 뒤에도 경청을 게을리해서는 안 된다. 혹여 불만을 제기하는 고객이 있다면, 스승을 만난 것이라 여기며 더 귀를 기울여 들어야 한다.

고객이 우리를 찾는 이유는 원하는 것, 즉 '니즈'가 있기 때문이다. 우리가 고객을 응대하고 감동을 주려는 이유 역시 고객의 '니즈'를 충족시키기 위해서다. 계약이 체결된다는 것은 서로 다른 '니즈'가 하나의 접점을 찾았음을 의미한다. 즉, 고객과 오랫동안 신뢰를 구축하며 동반 성장할 수 있었던 힘은 '경청'인 것이다.

그도 그럴 것이 슬립링코리아의 고객군은 저마다 오랜 전통과 노하우를 가진 제조업체들이다. 슬립링을 직접 제작할 수만 없을 뿐, 우리보다 더 전문가라 해도 과언이 아니다. 바꿔 말하면 제조공정에서 어떤 문제점이 발견되었을 때 고객들은 개선 방향에 대해서도 어렴풋이 알고 있다. 경청하지 않으면 고객이 원하는 품질 수준을 맞춰줄 수 없는 이유다.

더욱이 슬립링코리아의 고객군은 소규모 업체부터 굴지의 대기업까지 다양하다. 취급 분야 또한 최첨단 스마트폰부터 군수산업까지 방대하다. 우리가 슬립링 제작에 있어 타의 추종을 불허하는 전문가라 할지라도 모래알처럼 많은 고객의 니즈를 완벽하게 충족시키는 데는 한계가 따른다. 고객의 목소리에 귀 기울이고 함께 협력하지 않는다면 최적화된 제품을 개발할 수 없다는 뜻이다.

이렇듯 우리는 경청으로 고객과 신뢰관계를 구축하고 있다. 해마다 진일보한 기술력을 선보이며 시장점유율을 확대해나가는 힘의 원천은 경청에서 시작되고 완성되는 것이다.

초심의 자세,
역지사지의 경영원칙

10년 이상 회사를 경영하면서 나만의 확고한 경영원칙이 생겼다. 이는 바로 임직원과의 원활한 소통이다. 경청과도 일맥상통하지만 고객을 대할 때의 경청과 임직원 간의 경청은 사뭇 다르다. 고객은 어느 기업에게나 섬김의 대상이지만, 임직원은 리더의 철학에 따라 섬김의 대상이 될 수도 있고 이윤창출을 위한 도구가 될 수도 있기 때문이다.

실제로 나는 직장생활을 하면서 따뜻하고 너그러운 사장님을 모신 적도 있지만 정반대인 경우도 있었다. 그럴 때면 회사의 일원이 아니라 이윤창출을 위한 도구처럼 느껴졌다. 구체적으로 설명하면 회사를 위한 나의 희생은 당연시되면서 성과에 대한 보상은 이루어지지 않을 때 그렇다.

나는 그때의 설움을 누구보다 잘 알고 있는 만큼 직원의 입장에서 생각하려고 노력한다. 동시에 기업을 이끄는 리더로서 원대한 비전을 제시하고, 즉각적인 피드백을 통해 목표를 공유하도록 만든다. 회사가 성장할수록 R&D개발에 투자해 지속가능한 성장 동력을 확보하는 한편, 수확한 과실은 함께 나누는 것이다. 격려와 인정 뒤에는 반드시 그에 따른 보상이 돌아간다는 뜻이다.

리더의 철학이 회사의 명운을 결정하는 동시에 임직원의 행복에도 기여한다는 사실을 명심한다면 선택과 결정에 신중을 기하지 않을 수 없다. 이를 위해서는 끊임없이 소통하면서 기쁨과 슬픔을 함께 나눠야 한다. 단, 대표의 생각이나 이상을 지나치게 강요해서는 안 된다. 그렇게 하면 요란하게 쏟아지는 폭포수처럼 느껴져 최대한 멀리 피하고 싶어질 뿐이다. 즉, 상호 수평적인 소통을 함으로써 직원들 스스로 존중받는다고 느끼고 회사의 구성원이라고 여기도록 만들어야 한다.

지난날 부족한 나를 인정해주고 무한한 기회를 주셨던 사장님도 있었지만, 때론 몰인정하고 부도덕한 사장님도 있었다. 그 덕분에 기업 경영의 진리를 몸소 깨닫게 되었으니, 세상에 악연이란 없는 모양이다.

이렇듯 나는 항상 지난 시간을 반추해보며 나아갈 방향을 결정한다. 어제의 선택이 오늘로 이어지고 내일의 성공을 여는 열쇠가 된다고 믿기 때문이다. 그 덕에 초심을 지키며 살고 있다고 자부한다. 더 나은 미래를 꿈꾸지만, 현재 주어진 것에도 감사하며 매 순간 최선을 다하는 것이다. 초심을 잃는 순간 안주하게 되고 이는 도태로 이어진다. 설상가상으로 교만해지기까지 한다면 사람도 잃게 된다. 비교적 빠른 시간에 성공 궤도에 오른 사람들이 범하기 쉬운 실수다. '개구리 올챙이 적 생각 못 한다'는 속담이 허튼소리가 아닌 것이다.

물론 초심을 기억한다는 것이 변화를 거부한다는 의미로 이어져서는 안 된다. 초심을 기억한다는 것은 간절함을 잊지 않는다는 말이다. 절박한 심정으로 매 순간을 대하며 주어진 기회를 놓치지 말아야 한다. 동시에 회사의 규모가 성장할수록 그에 걸맞은 사람으로 변화해야 한다.

당연한 이야기처럼 들리지만 우리는 초심과 변화의 경계에서 종종 길을 잃고 만다. 초심을 잃어버린 리더는 위기라고 말하면서 자신은 노력하지 않고 직원들을 옥죈다. 변화를 거부하는 리더는 시대에 발맞춰야 한다면서도 철 지난 권위주의에 사로잡혀 있다. 직원도 마찬가지다. 초심을 잃어버린 직원은 타성에 젖어 게으름을 피우면서 연봉만 오르길 바란다. 변화를 거부하는 직원은 회사가 경쟁력을 잃어가고 있어도 자신의 자리를 지키기 위해 후배의 성장을 방해한다.

반면에 초심을 기억하고 끊임없이 변화하는 직원들로 구성된 기업은 해가 거듭될수록 성장해간다. 슬립링코리아처럼 말이다. 다시 말해 이제 우리의 목표는 국내를 넘어 글로벌 기업으로 성장하는 것이다.

실패보다
시도하지 않는 것을 경계하라

　몇 해 전까지만 해도 제품을 개발할 때는 설계부터 제작까지 전적으로 내가 담당했다. 최근 들어 회사 규모가 커지고 제품의 종류가 다양해지면서 연구원들이 자체적으로 제품을 개발하고 있다. 그럼에도 불구하고 나는 처음부터 끝까지 연구개발 과정에 참여해 연구원들의 이야기를 듣고 또 듣는다.

　신기술 개발은 아무도 걷지 않은 길을 새로이 만드는 것이기에 푸른 초원이 펼쳐질 수도 있지만, 대개는 덤불숲이 나오거나 천 길 낭떠러지를 만나게 된다. 선배의 경험과 후배의 아이디어가 만났을 때 비로소 혁신을 이룰 수 있는 것이다. 따라서 우리는 신기술 개발에 앞서 서로의 생각을 이야기하고 공유한다. 그 과정에서 부족한 점은 채워지고 오류는 해결된다. 그 시간은 매우 유익하고 또 즐겁다. 혼자서 연구할 때는 숙제처럼 어렵게 느껴졌던 일이 직원들과 함께하는 순간 축제처럼 즐거워지는 것이다.

　연구원들이 제출한 연구계획서를 살펴볼 때도 행복하다. 한번은 창업 초기에 내가 시도했다가 실패한 방법이 적힌 계획서를 받아본 적이 있다. 성공한다면 제품의 성능을 높이고 제작 원가도 획기적으로 낮출 수 있는 신기술이지만 소재의 한계성 때문에 성공 확률은 제로에 가까웠다. 계획안을 올린 직원은 우리 회사의 중견 연구원이었는데, 신기술 개발을 위해 여러 가지 시도를 하는 과정에서 획기적인 대안을 찾았다고 생각해 야심찬 계획을 세운 것이었다. 하지만 계획서를 보는 순간 내가 범했던 시행착오를 똑같이 밟고 있다는 것을 알 수 있었다.

　나는 잠시 고민했다. 그 사실을 가르쳐주는 것이 옳을까, 직접 시도해보고 실패해보는 것이 나을까?

　전자는 시간과 비용을 줄일 수 있다. 반면에 후자는 미련이 남지 않는다. 아울러 숱한 실패가 밑거름이 되었을 때 세상을 변화시키는 혁신 기술이 탄생한다. 비록 목적지에 다다르지는 못하더라도 실패는 동기 부여의 원천이 되고 더 큰 성공으로 이어지는 것이다. 언젠가는 한계를 뛰어넘는 소재를 개발할 수도 있다.

　나는 실패할 것을 알면서도 흔쾌히 그 계획을 승인했다. 열심히 해보라는 격려도 잊지 않았다. 물론 예상했던 대로 소재의 한계 때문에 성공하지 못했다. 비용적인 측면만 고려한다면 그 계획은 완전한 실패로 평가될 것이다. 그러나 그 과정에서 연구진들은 비용으로 계산할 수 없는 소중한 경험을 얻었다. 현실적으로 불가능한 계획서를 승인하고, 실패한 직원을 질책하기보다는 격려하고 응원하는 이유가 바로 거기에 있다.

아무것도 하지 않으면 비용이 발생하지 않는다. 씨를 뿌리지 않으면 물을 줄 필요도 없고, 뙤약볕 아래서 논밭을 일굴 필요도 없는 것과 같은 이치다. 그러나 오곡백과가 무르익는 가을, 저마다 부푼 꿈을 안고 가을걷이를 나갈 때 혼자 멍하니 추운 겨울을 걱정해야 한다. 진부한 이야기처럼 들리지만 씨앗을 뿌리고 땀 흘려 수고한 사람만 수확하는 기쁨을 만끽할 수 있는 것이다.

스스로도 믿기 어려운
고속성장과 그 주역

슬립링코리아는 매년 두 배 넘는 매출신장을 기록했다. 10주년이 되던 2017년에는 연 매출 100억 원을 돌파하는 데 성공했다. 가끔은 이 모든 것이 꿈처럼 느껴질 때가 있다. 그럴 때면 슬립링코리아의 역사가 고스란히 깃들어 있는 매출 장부를 꺼내어본다. 먼지가 켜켜이 내려앉은 사업 초기의 낡은 노트 안에는 처음으로 맛봤던 희열과 밝은 미래를 상상하며 잠 못 이루던 날들의 기억이 가득 채워져 있다.

오래된 장부를 보며 옛 기억을 떠올리다 보면 곁에 있는 모든 사람에게 한없이 감사한 마음이 든다. 어려운 살림에도 원망하지 않고 나를 믿어주었던 아내, 보증금도 없는 나에게 사무실 한쪽을 선뜻 내주었던 지인, 처음 출시한 슬립링을 구매해준 고객을 비롯해 지금까지 동고동락한 직원들이 있었기에 지금의 내가, 지금의 슬립링코리아가 있다는 것을 깨닫게 된다. 그 덕분에 혹시라도 생길지 모를 과욕과 교만을 경계할 수 있다.

리더십에 관련된 서적을 읽어보면 무에서 유를 창조한 사람들은 대체로 초심을 기억하고 매사에 감사한다는 점을 알 수 있다. 또 그들은 더 큰 미래를 위해 지금의 희생을 마다하지 않는다. 나 역시 '초심을 잃지 말자. 상대의 입장에서 생각하며 감사의 눈으로 세상을 바라보자'를 좌우명처럼 여긴다. 하지만 내일을 위해 오늘을 희생한다는 점에서는 나의 생각은 다르다. 나는 예나 지금이나 현재의 행복을 최우선 가치로 여긴다. 지금 이 순간은 다시 오지 않을 것이기 때문이다.

수확의 열매를 주위 사람들과 함께 나누려는 마음도 여기서 비롯되었다. 먼 미래의 큰 열매를 얻기 위해 현재를 희생하기보다는, 지금 바로 내 곁에 있는 사람들과 더불어 행복한 방법을 찾는 것이 옳다고 믿는다. 어려서부터 악착같이 돈을 벌었던 이유도 저축이 목적이 아니고 당장 필요한 일에 즐겁게 쓰기 위해서였다. 나 자신을 위해 사용하기도 했고, 가족을 위해 사용하기도 했다.

예나 지금이나 나눔의 중요성을 알고 실천한 덕분일까. 신기하게도 돈을 쓰면 다시 벌 수 있는 기회가 생겼다. 그 과정에서 깨달은 진리는 '베풀지 않고 악착같이 돈을 모으기만 하면 행운의 여신도 더는 미소 짓지 않는다는 것'이었다. 어쩌면 이 같은 경영철학이 슬립링코리아가 성장할 수 있었던 또 다른 비결일지 모른다.

성공은 리더 한 사람의 역량만으로는 불가능하다. 바꿔 말하면 성장의 과실 또한 모두에게 돌아가야 한다. 성과에 대한 보상은 임직원에게 동기부여가 될 뿐만 아니라 조직에 활력을 불어넣어준다. 회사의 성장이 개개인의 성장으로 이어질 때 비로소 임직원도 주인정신을 갖고 능동적으로 일할 수 있기 때문이다.

그런 까닭에 슬립링코리아는 연봉제를 지양한다. 연봉제란 연 단위로 합의된 금액을 12개월로 나누어 지급하는 방식이다. 상호협의가 이루어진 만큼 갈등의 요인이 없다는 점에서 합리적이다. 그럼에도 불구하고 나는 임직원에게 연봉제와 월급제 중 원하는 방법을 선택하라고 한다. 처음에 대다수 직원은 연봉제를 선택하지만 이내 월급제로 변경해달라고 요구한다. 이유는 간단하다. 연봉제보다는 월급제로 했을 때 급여가 훨씬 많기 때문이다.

슬립링코리아의 월급제는 회사가 성장하는 것에 비례해 월급도 올라간다. 설립 이래로 매년 두 배 가까운 성장을 기록했으니 월급도 지속적으로 상승해왔다. 그러니 연봉제보다는 월급제가 훨씬 이익인 것이다.

내가 월급제를 선호하는 또 다른 이유는 나 스스로 임직원을 이윤 창출의 수단으로만 여기지 않기 위해서다. 왠지 매출과 무관하게 연초에 합의된 월급만 준다고 선을 그으면 관계가 삭막해질 것만 같다. 직원들의 어려운 사정에 관심을 기울이지 않게 될 것만 같기 때문이다. 물론 연봉제를 선택했다고 해서 애정이 줄어드는 것은 아니지만, 월급제는 직원을 사랑하고 보살피는 나만의 방법이다.

단, 매출이 계속해서 하락한다면 얘기는 달라진다. 만약 그런 일이 일어난다면 직원들을 향한 사랑이 아니라 고통 분담이 될 것이다. 이런 고통 분담은 내가 원하는 방향이 아니므로, 이러한 일이 발생하지 않도록 우리 모두가 초심을 기억해야 한다. 계속해서 성장하는 슬립링코리아가 될 수 있도록 말이다.

현장에서 땀 흘려 일하는 직원부터 신기술 개발에 주력하는 연구원, 회사의 살림을 책임지는 관리직 직원까지 어느 한 사람 소중하지 않은 사람이 없다. 그들과 함께 오랫동안 기쁨과 성과를 나누고, 슬픔과 어려움은 이겨내면서 따뜻하고 향기로운 회사를 만들어갈 것이다.

집중력과 끈기로
꿈속에서도 답을 찾다

생존에 대한 절실함이 나를 사업의 길로 이끌었다면, 동시에 마음 한구석에는 나 자신에 대한 '믿음'이 있었다. 어려서부터 어디를 가든 어른들에게 "너는 특별해"라는 이야기를 귀가 닳도록 들어왔기 때문이다. 나는 열 살 무렵부터 온 동네를 부지런히 쏘다니며 고물을 주웠다. 그 고물을 팔아 집안 살림에 보태는 나를 보고 동네 어른들은 안쓰러워하는 동시에 대견스러워했던 것이다.

칭찬은 고래도 춤추게 한다지만, 그 시절 나는 어른들의 칭찬이 너무나 듣기 싫었다. 측은하게 바라보는 눈빛이 나를 더욱 작고 초라하게 만들었던 것이다. 하지만 어른들의 칭찬을 들으면서 무의식중에 '나는 특별하다'는 확신이 생겼다. 그 믿음은 때때로 용기를 불어넣어 주었고 희망이 되어주기도 했다. 따라서 '나는 성실하다, 영민하다, 끈기가 있다, 뭐든지 할 수 있다'고 자평했었다. 학교 성적이 뛰어나거나 두뇌가 명석했던 것은 아니지만 '하면 된다'는 자신감이 내재되어 있었던 것이다.

사회생활을 시작한 뒤에도 집중력과 끈기가 남다르고 아이디어도 많았다. 호기심이 생기면 내게 주어진 업무가 아니더라도 몇 날 며칠을 지새우며 궁금증을 해결했다. 결과적으로 짧은 시간에 회사 업무 전체를 꿰뚫어볼 수 있게 되었다. 심지어 사장보다 회사 사정을 더 잘 아는 직원이 되었으니, 언제나 '넘버2'는 내 차지였다. 다른 회사로 이직을 해도 상황은 달라지지 않았다.

단적인 예로, 나는 고민거리가 있으면 잠을 자면서도 그와 관련된 꿈을 꾼다. 집중력과 끈기가 그만큼 남다르다는 뜻이다. 창업을 한 뒤로는 늘 슬립링 개발과 관련된 꿈을 꿨다. 꿈에서조차 새로운 기계의 설계도를 그렸으며, 반복된 꿈을 꾸면서 몇 날 며칠 풀리지 않던 문제의 실마리를 발견하기도 했다. 간절함이 불가능을 가능으로 만드는 힘이 되어준 것이다.

언젠가 파울로 코엘료의 소설 『연금술사』에서 "무언가를 간절히 원할 때 온 우주는 소망이 실현되도록 도와준다"는 문장을 읽은 적이 있다. 실제로 나 역시 '하늘은 스스로 돕는 자를 돕는다'는 속담처럼 가족을 지키고 싶다는 절박함이 고도의 집중력으로 이어졌고, 이는 다시 최선을 다하는 하루하루가 되어 하늘을 감동시켰다고 믿는다. 결국 지금의 슬립링코리아는 성공을 향한 간절함과 가족을 향한 사랑이 모여 만들어낸 결과물이다.

2

최고의 리더십은
동행하는 마음

부천에서 화성으로,
함께 갑시다

2018년, 우리 회사는 부천 시대를 접고 경기도 화성으로 본사를 이전하게 되었다. 사세가 커지면서 직원도 늘고 각종 설비와 연구시설을 확충하면서 사옥이 필요해진 것이다. 사옥을 갖게 된다는 것은 모든 경영자의 꿈이다. 웅장하게 지어진 사옥은 기업의 경쟁력을 은유하고 지속가능한 성장 동력을 상징하기 때문이다.

여러 지역을 다녀본 후 최종적으로 결정한 곳이 지금의 화성이다. 부지 계약과 동시에 사옥 및 현장에 대한 설계를 추진했다. 준비과정은 순조로웠고, 나는 하루하루가 꿈을 꾸는 듯 행복했다. 다만 한 가지, 출퇴근 거리가 늘어나면서 혹시 이탈하는 직원이 생기지 않을까 걱정스러웠다. 관리직이나 연구직 직원들은 큰 문제가 되지 않았지만 생산직 직원들은 상황이 달랐다.

우리 회사는 제품의 특성상 생산직 직원 대다수가 주부사원이다.

주부사원들은 삶의 연륜과 가정살림의 경험이 있어 제품 생산라인에서도 매우 꼼꼼하고 성실하다. 그들 대부분 부천시 관내에서 생활하고 있어 화성으로 출퇴근한다는 것은 어려운 일이었다. 자녀들의 학교 문제와 남편의 직장 문제가 있어 이사하기도 어려운 형편이다.

그래서 대부분 제조업체에서는 공장 이전과 함께 생산직 사원이 절반 이상 퇴사한다. 주부사원들이 대중교통을 기준으로 2시간 이상 소요되는 거리까지 출퇴근한다는 것은 불가능에 가깝기 때문이다.

하지만 나는 부천에서 함께 일하며 회사를 키워온 직원들과 끝까지 같이 가고 싶었다. 이는 직원들과 신의를 지키는 일인 동시에 회사의 안정적인 발전을 위해서도 반드시 필요한 일이다. 제조업에서 가장 중요한 파트는 누가 뭐래도 생산 관련 부서다. 특히 우리 회사에서 생산하는 슬립링은 섬세한 손길이 필요한 제품이라 경험을 가진 직원들이 굳건히 자리를 지켜줄 때 지속가능한 발전을 이룰 수 있다.

회사 이전에 따른 직원들의 불편을 해소하려면 경영자가 아닌 직원의 입장에서 생각해야 한다. 한발 더 나아가 사원뿐 아니라 그들의 배우자와 가족의 입장에서도 생각해야 한다. 관점을 바꿔 접근해보니 어느 정도 방향이 잡혔다. 출퇴근 거리도 중요하지만 더 중요한 것은 시간과 교통수단이다. 시간의 손실을 최소화하고 교통 편의를 제공한다면 거리가 멀어지더라도 계속적으로 근무할 수 있다는 뜻이다. 부득이 야근을 해야 하는 경우를 대비해 회사 내에 편히 쉴 수 있는 기숙사를 마련한다면 직원들의 불편을 대폭 줄일 수 있다.

다각도에서 제반 여건을 마련해도 출근시간이 30분 정도 늘어나는 것까지는 어쩔 도리가 없었다. 이는 직원들에게 양해를 구해야 할 일이다. 최종적으로 여러 가지를 감안해 대안을 내놓았다. 우선 직원들을 위한 기숙사를 설치하는 것을 기본으로 하고, 출퇴근 편의를 위해 대중교통을 이용하는 대신 차량을 가진 직원들과 카풀을 하도록 했다. 직접 운전하는 직원에게는 매월 운전수당으로 지급하고, 회사 이전에 따른 불편을 감수하는 대가로 이주수당을 신설해 모든 직원에게 매월 소정의 금액을 추가 지급하는 규정을 만들었다.

그 내용을 직원들에게 상세히 설명하고, 한 가지 부탁을 했다. 다른 모든 것은 회사가 책임질 것이나 출근하려고 집에서 나오는 시간을 기존보다 30분만 앞당겨달라는 것이었다. 만일 차량 정체로 출근시간에 늦어지는 경우가 생긴다면 그것은 지각 처리하지 않겠다는 약속도 덧붙였다. 끝으로 집에 돌아가 가족들과 상의한 후 결과를 알려달라고 전했다.

모든 직원이 제안을 받아들여준다면 좋겠지만 한두 명 정도는 퇴사를 선택하리라 예상했다. 그런데 다음 날 출근 후 확인해보니 단 한 사람도 이탈하지 않고 모든 사원이 이전하고도 함께 근무하겠다고 전해왔다. 어떤 직원의 남편은 "회사 기숙사에서 자고 와도 좋으니 그만두지 말랬다"고 전해 한바탕 큰 소리로 웃었다.

회사 이전을 앞두고 대다수 직원이 이런저런 고민을 했을 것이다. 고심 끝에 어려운 결정을 했다는 것을 잘 안다. 그렇기 때문에 나는 그들의 선택에 감사하며 존중을 표한다. 또 그 선택에 후회가 없도록 대표로서 앞으로도 할 수 있는 최선의 배려를 해나갈 예정이다. 내가 초

심을 지키며 일관되게 약속을 실천할 때 그들도 첫 마음 그대로 '슬립
링코리아'라는 공동체에서 함께할 것이라 믿으며.

휴가계를 반려하다

진정한 공동체라면 좋은 일이든 궂은일이든 구성원 모두가 함께 공감하고 공유해야 한다. 그런 의미에서 우리 슬립링코리아는 진정한 공동체라고 자부한다.

지난 2014년의 일이다. 예상보다 영업실적이 저조해 생산라인이 멈추다시피 한 적이 있었다. 그대로 가다가는 인원을 감축해야 할 상황이었다. 나를 비롯해 직원들 모두 걱정과 긴장으로 하루하루를 보냈다. 그렇게 며칠이 지난 후 출근했는데, 관리담당 직원이 결재서류를 가지고 들어왔다. 열어보니 직원들의 무급휴가 신청서가 여러 장 겹쳐 있었다. 꼼꼼히 내용을 살펴보니 직원들이 4개 조로 나누어 단체로 무급휴가를 신청한 것이다. 그래야 인원을 감축하지 않고도 긴축경영을 실시할 수 있기 때문이다. 어쩔 수 없는 상황에서 나도 무급휴가를 받아들였고, 한 조가 휴가를 다녀왔다. 뒤이어 다른 조가 무급휴가를 사용하려고 할 때 기적처럼 일이 들어왔다.

지성이면 감천이라더니 끝까지 함께하고자 다 함께 고통을 감수한 결과였다고 생각한다.

뒤이어 다시 한번 생산직 직원들이 합심하여 휴가를 신청한 적도 있었다. 2017년 겨울이었다. 직원들이 업무에 몰입하고 집중한 덕에 예상보다 빠르게 양산화에 성공했다. 뒤이어 제작할 제품이 없었기에 대다수가 한가로운 시간을 보내고 있었다. 그 사실이 직원들은 미안했던 모양이다.

오랫동안 직장생활을 해온 사람으로서 그 마음을 왜 모르겠는가. 당당히 쉴 자격이 있는데도 불구하고 연차휴가를 앞당겨 휴가를 신청한 직원들의 배려가 고마웠다. 모든 생산이 끝난 시점이었기에 회사로서 연차휴가를 사용하는 것이 효율적이었지만 나는 직원들의 휴가계 결재서류에 도장을 찍는 대신 직원들을 모두 모이도록 했다. 그리고 그 자리에서 이렇게 말했다.

"여러분이 올린 휴가계는 일단 모두 반려하겠습니다. 다시 기회를 드릴 테니 충분히 생각해보시고 진짜로 휴가를 가야 할 분만 제출해주세요. 그러면 제가 결재서류에 도장을 찍겠습니다."

그해 우리 회사는 매출 60억 원을 기록했다. 전년도 실적 47억 원에 비하면 30%나 성장한 셈이다. 직원 수가 늘어난 것도 아니었으므로 성과는 오로지 그 자리에 있는 직원들이 일구어낸 것이다. 모든 직원이 눈코 뜰 새 없이 바쁘게 움직였다는 것을 의미한다. 전년 대비 더 많은 매출을 올렸는데도 시간적으로 여유가 생긴 것은 직원들이 열심히 일하는 과정에서 업무에 대한 숙련도와 노하우가 한 단계 업그레이드되었기 때문이다. 효율적으로 작업한 결과였으니 연말에 생긴 여유시간은 일이 없어 빈둥대는 시간이 아니라, 열심히 일한 대가로 얻어진 일종의 보너스다. 직원들 모두 당당히 여유를 누려도 된다는 뜻이다.

나는 서로의 얼굴만 쳐다보는 직원들에게 이 같은 생각을 전했다. 그리고 다음 날, 다시 휴가계 결재서류가 올라왔다. 휴가를 신청한 사람은 단 3명에 불과했다. 휴가를 취소하고 회사에 출근한 직원들은 일 대신 운동과 놀이를 하고, 함께 모여 이야기꽃을 피우는 등 오랜만에 느끼는 여유로움 안에서 서로를 이해하고 소통하는 시간을 보냈다.

부끄러운 기억으로
얻은 진리

흔히 경영자는 직원들을 가족에 비유하며 어려움을 함께 나누자고 호소한다. 물론 가족이라면 그래야 한다. 그러나 고통을 함께하는 만큼 성과도 함께 나눌 수 있어야 진정한 가족이라 말할 수 있다.

나 역시 직장생활을 하는 동안 회사가 어려울 때 자발적으로 고통을 감내했다. 회사가 어려움을 극복하고 성과를 올리게 되면, 그 열매 또한 나에게 돌아오리라는 믿음이 있었기 때문이다. 만일 그 믿음에 조금이라도 금이 간다면 '가족'이란 말은 허울 좋은 구호에 그칠 뿐이다.

내가 직원들의 휴가계를 반려한 것도 그러한 경험을 했기 때문이다. 열심히 일한 결과 당초 계획을 앞당겨 업무를 완수했다면 당연히 그 성과에는 직원들의 몫이 포함되어 있어야 한다. 휴가라는 방식으로 회사의 비용을 절감하는 데 활용된다면 스스로 가족이라고 생각하지 않게 된다. 또 자신이 회사에 부담을 주는 '비용'이라는 자괴감이 들 수밖에 없다.

회사로서는 당장 비용을 줄일 수는 있겠지만 장기적으로 보면 손해가 되는 선택이다. 결국 직원과 경영자가 공동의 목표를 향해 '동행'한다는 생각을 가질 때 비로소 진정한 가족이 되고 어려움과 즐거움을 나눌 수 있게 되는 것이다.

남들이 보기에 유난스럽게 느껴질 정도로 동행의 가치를 중요시하는 연유에는 직장생활을 하던 때의 부끄러운 기억이 있기 때문이다. 나로서는 숨기고 싶은 흑역사이자 부끄러운 과거다.

스물일곱 살이 되던 1995년 2월, 나는 무역회사 K인터내셔널에 입사했다. 기계를 수입해 업체에 공급하는 회사였는데, 처음 입사할 당시만 해도 사장님 혼자 거의 모든 일을 할 정도로 규모가 작았다. 그곳에서 나는 퇴근시간도 없이 혼신을 다해 열심히 일했다. 입사 후 일 년이 채 되지 않아서 모든 업무를 파악했고 사장님보다 더 잘 이해하게 되었다. 중요한 결정도 직접 내릴 정도로 신임을 얻었다.

특히 무역 오퍼가 저조해지면서 직접 기계를 만드는 제조업에 도전하자고 제안했다. 제조 경험이 전무하여 부정적인 반응을 보였던 사장님에게 여러 가지 사례와 성공 가능성, 그리고 실제적인 사업의 마스터플랜을 제시했다.

반신반의하던 사장님도 공장이 만들어지고 매출이 발생하기 시작하자 자신감을 얻었고 미래를 낙관하기 시작했다. 그 결과 K인터내셔널은 무역회사를 넘어 제조업체로 자리매김하는 데 성공했다.

회사의 규모가 커지면서 직원도 10명 이상으로 늘어났다. 물론 이 모든 성과가 나만의 노력으로 이루어진 것은 아니다. 사업이 성공하려면 한 사람의 능력 외에도 다양한 요인이 작용하기 때문이다.

그러던 중 대한민국 경제를 집어삼켰던 외환위기 때문에 업계 전체가 침체 분위기로 접어들었다. 많은 기업이 부도가 나고 사업이 어려워졌지만 천만다행으로 우리 회사는 큰 영향을 받지 않았다. 오히려 IMF 사태가 기회가 됐다. 도산한 업체의 업무까지 맡으며 사세를 확장해나갔던 것이다.

그러나 사장님의 계산법은 조금 이상했다. 회사의 재정 상태는 어렵지 않았지만 대부분의 기업이 긴축을 하고 있으니 우리도 긴축에 들어가야 한다는 것이었다. 그 첫 조치가 급여를 반으로 삭감하고 각종 비용을 절감하고자 차량유지비 등을 없애는 것이었다.

IMF라는 국가적인 환란 사태를 맞아 고통을 겪은 사람이 나뿐이겠는가. 몇십 년 넘게 다니던 직장에서 쫓겨나 졸지에 실업자가 된 사람들에 비한다면 급여 삭감은 대수롭지 않은 일일 수도 있다. 나 역시 회사가 어렵다면 그 정도 희생은 감수할 마음이 있다. 하지만 앞서 말했듯 회사의 실적이 나쁘지 않은데도 적자가 우려된다며 직원들에게 고통 분담을 요구한다는 것은 도무지 이해가 되지 않았다. 경영 상태를 속속들이 알지 못하는 직원들은 그 말을 믿을 수밖에 없었지만 나는 회사의 조치가 부당하다는 사실을 명확히 알고 있었다. 사장이라는 사람이 IMF라는 초유의 사태를 악용해 직원들을 속인다는 사실에 화가 났다. 그런 상황에서도 회사를 그만둘 수 없는 현실이 너무나도 고통스러왔다.

IMF의 여파는 몇 년간 계속되었다. 연봉 인상에 대한 약속 또한 여전히 지켜지지 않았다.

그 즈음 나는 거래처를 다니면서 입찰하는 업무를 맡고 있었는데, 하루는 강원도 광산촌에 있는 기업에 입찰을 가게 되었다. 우리 회사를 포함해 4개 회사가 경쟁했는데 한 업체에서 시커먼 제안을 해왔다. 입찰가를 자기 회사보다 높게 써서 자신들이 낙찰되게 해주면 약 2,000만 원을 사례금으로 내놓겠다는 것이다. 말하자면 입찰에 들러리를 서주는 대가로 3개 회사의 담당자들한테 각각 700만 원을 주겠다는 제안이었다.

입찰 담합 행위로 엄연한 불법이었으나 업계에서는 관행이라는 미명 아래 비일비재하게 일어나고 있었다. 부끄러운 일이지만 나는 그 제안을 받아들였다. 결국 담합에 참여했던 3개 회사 담당자들은 각각 700만 원을 받아 챙겼다. 그런 뒤 회사에 돌아와 대표에게 입찰에서 떨어졌다고 허위보고를 하고 받은 돈 700만 원을 착복했다.

굳이 핑계를 대자면 당시 급여가 줄어드는 바람에 집안 사정이 말이 아니었다. 신용불량에 아이 먹일 분유 값도 없어 장모님께 신세를 질 정도였다. 나는 그날 착복한 700만 원 중 일부는 아내에게 주고 일부는 어렵게 살고 있던 누님에게 건넸다. 그 돈은 가뭄의 단비와 같았다. 아내는 급한 빚을 갚고 아이에게 먹일 분유를 살 수 있었다. 하지만 그것은 엄연한 불법이며 양심을 파는 행위였다.

사필귀정이라고 했던가. 몇 해 뒤에 우연히 그 사실을 사장님이 알게 되었고, 나는 회사를 나올 수밖에 없었다. 사장님은 마지막 면담 자리에서 좋은 인재를 내보내게 되어 마음이 아프다며, 약속했던 대로 급여를 올려주지 않은 것을 후회했다.

그때의 일을 떠올리면 지금도 얼굴이 화끈거린다. 분명 나의 잘못이었다. 다만 사장님이 먼저 나를 가족으로 여기고 신의를 지켜주었다면 절대로 그런 일을 저지르지 않았을 것이다. 정말 회사가 어려웠다면 나는 기꺼이 고통을 감내하며 견뎠을 것이다. 그러나 사장님의 약속 불이행으로 이미 신뢰에 금이 갔기 때문에 나 역시 신뢰를 지킬 의지가 약해졌다고 스스로를 합리화했었다.

결론적으로 나의 잘못이며 가슴 아픈 과거지만 그 일을 통해 배운 것이 있다. 사장으로서 어떠한 마음가짐으로 직원들을 대해야 하는지 머리가 아닌 가슴으로 깨달은 것이다.

경제적으로 어려울 때 고통 분담의 1순위는 회사가 되어야 한다. 회사가 감당할 수 있을 때까지 희생한 뒤에 더는 감당하기 어려운 지경에 이르면, 그제야 직원들의 자발적 희생이 따라야 한다. 어떠한 순간에도 고통 분담을 강요해서는 안 되는 것이다.

겉으로 내색은 안 했지만 무급휴가계를 제출했던 직원들의 마음을 생각하면 눈시울이 붉어질 정도로 고맙고, 움츠러들었던 어깨가 활짝 펴질 만큼 든든하다. 우리 직원들과 함께라면 설사 제2의 IMF가 온다 해도 한마음 한뜻으로 어려움을 이겨나갈 수 있으리라 확신한다.

경영자의 초심
근로자의 초심

사람은 누구나 현재의 자신을 기준으로 모든 것을 비교하고 평가한다. 나 역시 다르지 않다. 가족이 기거할 집도 없이 떠돌아다닐 때는 편히 누울 단칸방만 있어도 바랄 게 없었다. 그 바람이 이루어진 뒤에는 좀 더 넓고 편안한 곳에서 살고 싶다는 욕심이 생기고, 그다음에는 더 큰 것을 바라면서 지금까지 살아왔다.

욕심은 동기를 부여하고 성장의 원동력이 된다. 더 나은 삶을 살기 위한 밑거름이 되는 것이다. 단, 내가 말하고자 하는 욕심이란, 남의 것을 빼앗고 일확천금을 바라는 헛된 욕심이 아니다. 부족한 것을 채우며 끊임없이 도전하는 마음가짐을 의미한다.

그럼에도 불구하고 우리 사회는 처지가 딱해 좀처럼 희망이 보이지 않는 사람들을 위로한다면서 '위를 보지 말고 아래를 보라'고 조언한다. 갖지 못한 것을 탐하기보다는 가진 것에 감사하며, 자신보다 부족한 사람을 바라보라고 이른다. 또 지금보다 어려웠던 시절을 생각해보라고 권한다.

이는 상대를 위해 올바른 충고가 아니다. 아래를 보면 순간의 위로는 받을 수 있지만 먼 미래를 본다면 결코 바람직하지 않기 때문이다. 물론 현재의 자신을 인정하고 감사하지 않은 채 잘난 사람들과 비교하는 것도 좋은 자세는 아니다. 결핍은 다른 사람과 비교해서 극복하는 것이 아니기 때문이다.

그렇다면 어떻게 해야 할까? 정답은 위도 아래도 아닌 자기 자신을 객관적으로 직시하는 것이다. 생각해보면 나 역시 직장인으로 생활하는 동안 내 삶에 썩 만족하지 않았다. 회사를 위해 열심히 일했지만 매달 주어지는 월급은 생활하기에 턱없이 부족했고, 의욕을 가지고 기획한 프로젝트가 무산되거나 다른 목적으로 이용되는 일이 비일비재하게 발생하면서 의지가 꺾였다. 화가 나는 것을 넘어 깊은 슬픔이 느껴졌다. 처지가 안쓰럽고, 다가올 날들이 절망적으로 느껴졌기 때문이다.

그러나 분노도 슬픔도 결코 나 자신에게 도움이 되지 않았다. 어두운 감정은 동기부여 대신 절망감과 패배감만 안겨줘서 성장에 아무런 도움도 안 된다. 회사에 대한 서운함을 없애고 초심을 기억하고자 노력하다 보니 새로운 길이 열렸다. 더 나은 미래로 갈 수 있는 나만의 디딤돌이 만들어진 것이다.

이렇듯 마음가짐을 달리하려면 초심을 기억해야 한다. 매너리즘에 빠졌을 때는 회사에 입사한 첫날을 되돌아보고 지금의 자리까지 올라왔다는 사실에 감사해야 한다. 그러다 보면 앞으로 어떻게 살아야 하는

지 길이 보인다. 예나 지금이나 초심을 중시하는 이유가 여기에 있다. 나는 지금도 중차대한 결정 앞에 서면 100만 원을 가지고 사업을 시작하던 때를 생각한다. 직원들의 승진이나 급여 인상을 결정할 때는 내가 힘들게 직장생활 하던 때의 기억을 떠올린다. 초심을 기억해내는 것만으로도 올바른 판단을 할 수 있기 때문이다.

초심은 비단 경영자에게만 필요한 것이 아니다. 한 조직이 원활하게 소통하고 함께 마음을 모으려면 경영자와 직원 모두가 초심을 기억해야 한다. 다만 경영자는 직원들에게 자신의 초심을 강요해서는 안 된다. 나에게 초심은 단돈 100만 원을 가지고 회사를 창업하던 때에 맞추어져 있지만, 몇 년 뒤에 입사한 직원은 입사 당시의 회사와 자신의 상황에 맞춰져 있기 때문이다.

실례로 직원 중 한 사람이 평소의 그답지 않게 유난히 어두운 표정을 하고 있었다. 연유를 물으니 주말에 동창생 모임에서 소위 잘나가는 친구들을 만나고 온 후 자신의 처지가 한심하게 느껴졌다고 한다. 동창 가운데 한 친구가 국내 굴지의 대기업에 근무하는데, 얼마 전에 부장으로 승진해 승진 턱을 쏜 모양이었다.

그 심정을 왜 모르겠는가! 학창 시절 허물없이 뛰놀던 친구가 사회에 나와 자신보다 월등하게 앞서나가는 모습을 보면 겉으로는 축하를 하면서도 한편으로는 자신의 처지가 초라하게 느껴지게 마련이다.

기운이 빠져 있는 그를 보니 내 마음도 편치 않았다. 의기소침해 있는 사람을 나무랄 수도 없어 뒤돌아서려는데, 문득 그가 처음 우리 회사에 찾아왔을 때가 떠올랐다. 그는 다니던 회사가 부도나서 실직하고 방황하던 차에 궁여지책으로 나를 찾아왔다. 당시 나는 창업한 지 얼마 되지 않은 터라 직원을 채용할 만큼의 여력이 없었다. 그 역시 그 사실을 알고 있었기에, 취업이 아닌 정부에서 지원하는 재취업 지원금을 받을 수 있도록 선처해달라고 부탁했다. 정식으로 입사하길 바라는 것이 아니라 서류상으로만 직원으로 채용된 것처럼 해달라는 이야기였다. 오랫동안 인연을 맺은 사이라 불법인 줄 알면서도 염치불구하고 부탁한 것이다.

그의 눈빛에서 간절함이 느껴졌다. 나는 직원을 채용할 형편은 아니었지만 그에게 정식 직원으로 채용할 테니 함께 일하자고 제안했다. 지금 당장은 아니지만 앞으로 회사가 성장할 것이라 믿으며 다소 무리를 했던 것이다. 다행히 예상대로 회사는 성장을 했고, 그도 자신을 채용해준 회사를 위해 열심히 일했다.

솔직히 말해서 그 당시 나는 그에게 큰 기대를 하지 않았다. 경력이 있었지만 슬립링과 전혀 다른 분야였으니 신입이나 진배없었다. 회사가 어떻게 될지도 모르는 상황에서 아무것도 모르는 신입사원을 뽑아서 무엇 하겠는가. 그런데도 그에게 기회를 주었던 것은 그의 절실함과 진정성을 믿어서였다. 이것이 바로 나의 초심이었고 그의 초심이었다.

지금은 비록 초심을 잃어버린 듯하지만 입사 직후부터 지금까지 기대 이상의 능력을 보여주며 슬립링코리아의 성장을 견인해온 그다.

동창생들을 만난 뒤 깊은 한숨을 내쉬던 그의 초심은 지금 어느 자리에 있을까? 연기처럼 흔적도 없이 사라졌는지도 모른다. 불평불만을 하는 그의 눈빛에서 절실함과 진정성을 찾아볼 수 없었기 때문이다.

시간을 거슬러, 우리가 처음 함께 일하게 되었을 때 그는 최선을 다했고 이는 성과로 돌아왔다. 회사가 성장함에 따라 그의 노고를 인정하고 많은 지원과 배려를 제공했다. 그는 이러한 사실을 까맣게 잊어버렸다. 초심이 흔들렸다는 뜻이다. 즉, 경영자뿐만 아니라 직원들도 자기 자신과 회사의 지속적인 발전을 위해 초심을 잃지 말아야 한다.

회사의 실적이 계속 상승세를 타고 규모가 커지면서 초창기에 비해 학벌 좋고 능력이 뛰어난 인재들이 입사하고 있다. 기존 직원들의 입장에서는 자신의 입지가 좁아진다고 느낄 수도 있지만 나는 초창기에 함께했던 직원들이 가장 소중하다. 그들 스스로 회사를 떠나지 않는 한 그들과 함께할 것이다. 어려운 시절 동고동락했던 직원들은 내가 작은 성공에 취해 자만하지 않도록, 길을 잃지 않도록, 나아가 초심을 잃어버리지 않도록 도와주는 소중한 가족이기 때문이다.

얼마 뒤 나는 그와 편안한 사석에서 마주 앉을 기회를 만들었다.

"우리 회사가 지속적으로 성장할 수 있었던 것은 당신을 비롯해 직원들의 노력 덕분이었음을 잘 알고 있습니다. 자신이 얼마나 큰사람인지 깨닫고, 잘나가는 친구와 비교하는 대신 처음 회사에 입사했을 때를 떠올려 초심을 기억하길 바랍니다. 지금의 자리에 오르기까지의 과정을 되짚어보고 멋진 미래를 설계하길 당부합니다."

그에게 전했던 당부는 직원들 모두에게 하고 싶은 말이자 나 자신에게 전하고 싶은 말이었다.

사장님은 못 줘서
안달이에요?

가정과 회사 중 무엇이 더 중요할까? 직장인이었던 때부터 CEO로서 회사를 경영하고 있는 지금까지 나는 늘 가정을 회사보다 중요하게 생각한다. 가정의 평안과 행복을 유지하려고 회사가 필요하므로 회사를 위해 가정의 행복을 희생해서는 안 된다. 그렇다고 해서 회사 일을 대충대충 해도 된다는 뜻은 아니다.

나는 어느 조직에 있든 나에게 맡겨진 일에 최선을 다해왔다. 아니 나에게 맡겨진 일뿐 아니라 그 이상을 해왔다. 대표가 미처 생각하지 못한 일을 찾아 추진했고, 회사에서 시도해보지 않은 신기술을 공부하는 등 기술개발을 위한 연구활동에 몰입했다. 회사의 발전이 나와 내 가족의 행복을 열어준다고 믿으며 최선을 다한 것이다. 고되고 힘들더라도 열정을 쏟아부어 목표를 달성할 때는 절로 신바람이 났다.

다만 이는 어디까지나 나의 생각이다. 내가 대표가 되었다고 해서

이를 직원들에게 강요해서는 안 된다. 자발적으로 야근을 선택할 수는 있으나 강요에 의해 업무 외 시간 동안 회사에 묶여 있어서는 안 된다. 회식이나 체육대회도 마찬가지다. 이는 어디까지나 업무의 연장선상에 있어야 한다. 사적인 시간을 빼앗아 회사의 행사를 진행하는 것은 옳지 않다.

예를 들어, 주말에 가족과 나들이를 가기로 약속했는데 회사 야유회 일정이 잡힌다면 당사자뿐 아니라 그의 가족까지 기분이 상한다. 즐겁고 유쾌해야 할 행사가 시작하기도 전에 짜증으로 얼룩지는 것이다. 회사 입장에서도 비효율적이다. 적지 않은 비용을 들여 마련한 자리가 직원들의 사기를 올려주기는커녕 불만을 일으키는 요인이 되었기 때문이다. 그런 행사는 하지 않느니만 못하다.

따라서 우리 회사는 아무리 좋은 행사라도 근무시간을 넘기지 않는 것을 원칙으로 한다. 회식은 업무를 일찍 마치고 시작해 퇴근시간이 되면 귀가할 수 있도록 한다. 통상적으로 업무가 많지 않은 날을 선택해 경치 좋은 식당을 예약하고 점심때쯤 다 함께 차를 타고 가서 즐겁게 먹고 마신 뒤 퇴근시간에 맞춰 귀가하는 것이다. 아무리 맛있는 음식을 먹어도 가족이 기다리고 있다고 생각하면 맛을 즐길 수 없다. 특히 우리 회사의 특성상 주부사원이 많다 보니 더욱더 가족과 함께하는 시간을 빼앗지 않으려고 노력한다. 요즘은 가사일이 꼭 여성들만의 책임은 아니지만 여전히 대부분 가정에서는 주부가 일찍 귀가하여 저녁상을 차리는 것이 현실이므로 회사의 배려가 더욱 필요하다. 그래서 야유회나 체육대회도 주말이 아닌 평일로 일정을 잡는다.

단, 단체여행은 조금 예외다. 우리는 전 직원이 일 년에 두 번 봄가을에 2박 3일로 단체여행을 떠난다. 여직원들이 가장 좋아하는 행사 중 하나다. 주부들은 가족여행을 가더라도 음식을 준비해야 하고 어린 자녀가 있는 경우 일일이 챙겨야 할 것이 많아 여행다운 여행을 할 기회가 적다. 반면에 회사에서 떠나는 단체여행은 가사에서 벗어나 그야말로 자유로운 시간이 주어진다.

그동안 주로 국내 관광지를 다녔다면, 2017년부터 행선지를 해외로 잡았다. 패키지 여행처럼 꽉 짜인 일정 대신 충분한 시간을 갖고 이국의 풍경과 문화 예술을 감상하며 휴식을 취할 수 있도록 계획을 세운다. 전 직원이 함께 태국의 아름다운 곳을 방문하여 즐거운 시간을 보냈는데, 모두의 표정이 밝고 행복했다. 그 모습을 보는 것만으로도 즐거웠다.

여행을 다녀온 뒤 직원들이 추억을 공유하며 서로를 깊이 이해할 수 있게 되어 일의 능률도 올랐다. 평소 어색하던 사이도 여행 후에는 '절친'이 되어 이야기꽃을 피우기 때문이다.

상대를 위해 무언가를 베풀고 배려할 수 있다는 것은 매우 행복한 일이다. 이윤을 창출할 때와는 다른 기쁨과 만족감을 준다. 물론 나 역시 기업가로서 기업의 목적은 이윤창출에 있다고 믿지만, 이윤을 사용하는 데 있어서는 나만의 특별한 원칙이 있다. 내 가족만 호의호식을 누리는 것보다는 함께 일하고 땀 흘린 사람들이 회사의 성과를 공유하고 더욱 즐겁게 살아가길 원한다. 화성으로 이전하면서 그에 따른 경비를 지원하고 해외여행을 기획하는 이유가 여기에 있다.

그래서일까? 태국여행을 다녀온 뒤 몇몇 직원이 농담 반 진담 반으로 나에게 물었다.

"대표님은 왜 못 쥐서 안달이에요?"

진짜 궁금해서 묻는다기보다 내 마음을 알고 고맙다는 인사를 대신하는 것처럼 들렸다. 그래서 질문을 받은 뒤에도, 대답하려고 생각을 정리할 때도 유쾌하고 뿌듯했다. 직원들과 격의 없이 농담을 주고받을 수 있다는 사실에도 감사한다. 이는 내가 권위적이지 않고, 불통이 아닌 소통을 중시한다는 뜻이기 때문이다.

지난날 권위적인 대표님을 모시며, 훗날 내가 대표가 된다면 화목한 분위기를 만들고 싶다는 바람이 있었다. 당시에는 실현되기 어려운 공허한 바람이라고 생각했던 마음가짐들이 회사를 세운 뒤 나에게 대표로서 올바른 길을 가르쳐주고 있다. 앞으로도 슬립링코리아가 모두에게 편안하고 즐거운 삶의 터전이 되길 바라며 내 가족처럼 직원을 사랑하고 권위보다는 배려와 소통을 중시하려고 노력할 것이다.

소양강 변에 세운
안식처

　힘들고 고통스러웠던 시절, 현실의 고통을 잊기 위해 나는 꿈에서나마 강변에 작고 아담한 별장을 지어 가족과 함께 지내는 상상을 하곤 했다. 아이들은 걱정 없이 뛰어놀고 아내와 나는 마주 앉아 웃음꽃을 피우는 모습을 상상하면 힘들고 어려운 현실을 조금이나마 잊을 수 있었기 때문이다. 당시에는 그 또한 현실이 될 수 있으리라고 생각하지 않았다. 그저 상상 속에만 존재하는 낙원이었을 뿐이었다. 그런데 이제 그 꿈이 현실이 되었다. 강원도 인제군, 소양강이 내려다보이는 언덕에 특별한 장소가 생긴 것이다.

　처음에는 그저 가족과 함께 편히 쉴 수 있는 별장이 하나쯤 있으면 좋겠다는 생각에 이곳저곳을 둘러보았다. 그러던 어느 날 아내와 소양강 변을 지나던 중 꿈속에서만 상상하던 공간을 발견했다. 사업이 성장하던 시기였지만 토지 구입과 건물 신축에 들어가는 자금을 감당할 만큼의 여유가 없었는데도 그곳에 꼭 별장을 만들고 싶었다.

제대로 된 집도 없이 움막집을 짓고 살았던 어린 시절부터 단칸 셋방을 전전하며 고군분투하던 젊은 날의 기억 때문에 별장 짓기를 미루고 싶지 않았던 것이다. 아내는 너무 무리하는 것 아니냐며 만류했지만, 나는 돌아오자마자 토지 매입을 추진하고 건물 신축 계획을 세웠다. 소양강 변에 멋진 별장이 만들어지는 광경을 상상하는 것만으로도 행복했다. 그곳에서 사랑하는 가족과 함께, 좋은 사람들과 함께 즐거운 추억을 쌓을 걸 생각하니 가슴이 벅차올랐다.

토지를 구입하고 나자 가족을 위한 별장이 아니라 슬립링코리아의 모든 임직원을 위한 공간으로 사용하면 좋겠다는 생각에 이르렀다. 예상보다 훨씬 많은 건축비가 들어갈 테지만 물 맑고 공기 좋은 곳에서 우리 가족만 행복을 만끽하는 것이 비효율적이라는 결론에 다다른 것이다.

작은 별장을 짓는 것도 경제적으로 어려운 상황에서 임직원을 위한 연수원을 짓겠다고 하자, 아내는 난색을 표하며 반대의 뜻을 전했다. 객관적으로 보자면 아내의 말이 백번 천 번 옳았다. 여유자금이 넉넉한 것도 아닌데 회사의 영업활동이나 이익 창출과 무관한 일에 거액을 투자한다는 것은 경영원칙에도 부합하지 않는 일이다.

그럼에도 불구하고 나는 슬립링코리아 연수원 건립을 추진했다. 돈에 대한 나만의 철학이 있기 때문이다. 앞서 언급했듯 나는 돈에 있어서 남들과 조금 다른 생각을 가지고 있다. 대다수 사람들이 오늘보다는 내일을 위해 돈을 아끼고 모은다. 저축은 불확실한 시대를 대비하는 최선의 방법이다. 기업 또한 자금흐름이 원활할 때 신사업을 개척할 수 있다. 오늘의 기쁨을 잠시 뒤로 미루고 미래를 위해 자금을 확보하는 것이 가정에서도, 기업에서도 올바른 방법인 것이다.

그러나 나는 미래를 위해 오늘의 행복을 뒤로 미루고 싶지 않다. 할 수 있는 한 최고로 행복한 하루를 보내고 싶다. '돈은 써야 다시 들어온다'는 나름의 경제원칙이 있는 것이다. 즉, 내가 돈을 버는 목적은 모으기 위해서가 아니라 쓰기 위해서다. 사랑하는 가족과 임직원, 나아가 소중한 인연으로 이어진 모든 지인과 함께.

사치와 허영을 위해 호의호식하는 돈은 무의미하게 사라지는 반면, 나 아닌 타인을 위해 소비하는 돈은 언젠가는 반드시 그 이상으로 돌아온다는 사실을 살면서 터득했기 때문이다. 이는 논리적인 계산이나 경영원칙으로는 설명할 수 없는, 실전경험에서 얻은 지혜다.

아내도 나의 고집을 꺾지 못했다. 결국 30억 원을 들여 강원도 인제군 소양강 변에 지금의 연수원을 건립했다. 연수원에는 숙박시설과 세미나 공간은 물론 수영장과 영화관이 있으며, 노래방과 찜질방 2곳까지 설치해 다목적으로 활용할 수 있다.

그곳은 슬립링코리아의 임직원 누구나 편하게 이용할 수 있는 모두의 별장이다. 직원들이 휴가 기간을 이용해 가족이나 지인들과 연수원을 방문하면, 내가 휴가를 다녀온 것처럼 기분이 즐겁다. 나는 직원들의 기쁨이 배가될 수 있도록 또 다른 선물을 준비했다. 연수원을 방문할 직원들에게 특별히 바비큐 파티 비용으로 30만 원을 지급하는 것이다. 즉, 소양강 연수원에서 휴가를 보내는 직원들은 경치 좋은 별장을 무료로 사용하고 거기에 회식비용까지 제공받을 수 있다. 생산부 직원은 시댁 식구들과 함께 연수원에서 휴가를 보낸 뒤 시아주버니와 동서들의 부러움을 한 몸에 받아 어깨가 으쓱해졌다고 한다. 그들의 환한 미소를 볼 때마다 '돈을 제대로 썼다'는 것을 실감한다.

2018년 6월에는 연수원에서 전 직원이 2박 3일간 야유회를 실시했다. 사원들 모두 부담이 없도록 평일 근무일을 이용해 내린천에서 래프팅을 즐기고 저녁에는 연수원 마당에서 즐거운 바비큐 파티를 열었다. 직위와 나이를 떠나 서로 격의 없이 술과 음식을 나누며 한가족이라는 공동체 정신을 공유할 수 있었다. 그날 밤 모든 일정을 마치고 직원들이 잠든 시간, 나 혼자 연수원 뜰을 거닐며 생각에 잠겼다.

'오래전 상상으로만 그칠 줄 알았던 꿈이 현실이 되었구나. 더욱이 꿈을 함께 나눌 수 있는 가족이 많아졌으니, 나는 행복한 사람이다. 내 삶 또한 성공적이구나.'

3

운명은 나의 편이
아니었다

나에겐 사치였던
평범한 가정

　고향이 어디냐는 질문을 받으면 나는 잠시 난감해진다. 고향에는 출생지를 넘어 가족과 함께 유년기를 보내고 친구들과 성장기를 보내며 추억을 공유하는 시공간적 의미가 담겨 있기 때문이다.

　나는 1968년 4월 2일, 충남 논산의 한 시골마을에서 태어났다. 출생지만을 기준으로 보자면 고향은 충남 논산이다. 하지만 그곳에서의 기억은 없다. 유년 시절의 기억은 서울 면목동을 지나 광주를 거쳐 다시 서울 상계동으로 이어진다. 그러니 고향이 어디냐는 질문에 쉽게 답하기가 어렵다.

　안타깝게도 나의 어릴 적 기억 속에는 어머니가 존재하지 않는다. 어머니는 갓난아기였던 나를 남겨둔 채 끝내 돌아오지 않았다. 어머니가 떠난 후 아버지는 두 누나와 젖먹이인 나를 데리고 논산을 떠나 서울 면목동으로 삶의 터전을 옮기셨다. 친가 근처로 이사를 간 것이다.

아내도 없이 어린아이들을 데리고 이리저리 떠돌아 다니셨을 아버지의 심정이 얼마나 비통했을까. 친할머니와 고모가 어머니를 대신하여 우리를 정성껏 돌봐주셨으니 다행이라면 다행이었다.

당시 우리 가족은 하루 세끼조차 제대로 먹지 못했다. 드문드문 남아 있는 당시의 기억을 더듬어보면 늘 배가 고팠던 탓에 흙바닥을 헤집고 다니며 음식 부스러기를 주워 먹던 장면이 떠오른다. 다들 먹고살기가 어려웠던 시절이었으니 하루 종일 길바닥을 헤매도 누룽지 조각 하나 얻어 걸리지 않았다. 한번은 강아지가 길바닥에 싸놓은 개똥을 집어먹고 배탈이 난 적도 있었다. 먼지가 뽀얗게 묻은 통통한 모양의 개똥이 어린아이의 눈에 인절미처럼 보였던 모양이다. 그나마 사리분별이 가능했던 큰누님이 내 입을 벌리고 억지로 물을 먹여 토하게 하지 않았더라면 무슨 일이 벌어졌을지…. 큰누님은 지금도 그때 일을 떠올릴 때면 씁쓸한 웃음 끝에 결국 눈물을 훔치곤 한다.

그 시절 유일한 낙이라면 고모 댁에 찾아가서 수제비를 얻어먹는 것이었다. 고모도 없는 살림에 아이들을 키우느라 형편이 어려웠지만 우리 남매들이 찾아가면 늘 맛있는 수제비를 끓여주셨다. 그래서 누나들과 손을 잡고 고모 댁으로 갈 때면 세상에 부러울 것이 없었다. 지금도 가끔 꿀처럼 맛있던 고모의 수제비가 생각난다. 어쩌면 고모가 끓여주신 수제비는 풀죽처럼 불어터져 있었을지도 모른다. 부족한 재료로 많은 식구의 배를 채우려면 통통 불어야 할 테니까. 그래도 나에게는 세상에서 가장 맛있는 음식이었다. 그 시절에 먹었던 수제비 맛이 얼마나 좋았던지, 세월이 지나 성인이 된 후에도 고모 댁에 가면 꼭 수제비를 끓여달라고 말했었다.

이렇듯 우리 삼 남매에게 고모님은 어머니였고 든든한 후원자였다. 어머니 없이도 크게 어긋남 없이 성장할 수 있었던 것은 고모가 베풀어 준 애정과 보살핌 덕분이었다.

물론 어머니 없이 지독히도 가난한 유년기를 보냈으니, 내 어린 시절은 순탄하지 않았다. 게다가 아버지는 어머니의 가출 이후 늘 술에 절어 사셨다. 자식들에 대한 애정이 없으셨던 것은 아니지만, 다른 집 아버지들이 가족을 먹여 살리려고 무슨 일이든 마다하지 않던 것과는 반대로 늘 한량처럼 지내셨다. 자식을 누구보다 사랑했지만 책임감은 그리 강하지 않았던 것이다. 어린 나이여서 전후 사정은 정확히 모르지만, 아버지가 우리 삼 남매를 책임지지 않고 잠깐 외가로 보낼 수밖에 없었던 것도 그 때문이 아니었을까 추측한다.

내가 일곱 살이 되던 1974년, 우리는 외가댁으로 보내졌다. 말이 외 갓집이지 엄마도 안 계신 외가에서 우리는 말 그대로 천덕꾸러기였다. 외삼촌과 외숙모에게는 눈엣가시였고, 사촌들에게는 구박의 대상이었 다. 외할머니 덕분에 밥이라도 얻어먹을 수 있었던 것이 다행이라면 다 행이었다. 생각해보면 어린 조카들한테 왜 그리 야박하게 굴어야 했을 까 궁금하다. 아들과 딸이 있었지만 삼촌의 직업이 고등학교 교사였던 만큼 생활이 그리 가난하지는 않았을 텐데 말이다. 게다가 외할머니는 과일 도매상을 하셨으니 팔다 남은 과일을 줄 수도 있었건만, 그러지 않으셨다. 우리가 당신 딸의 신세를 망친 애물단지로 보였던 모양이어서 더 야박하셨는지도 모를 일이다.

우리 삼 남매에게 허락된 공간은 안방에 딸린 다락방이 전부였다. 다락방에서 내려오면 금세 외삼촌과 외숙모가 무서운 표정을 짓고 성을 냈으니, 다락 밑으로는 한 발자국도 내딛지 못했다. 저녁식사 시간이 되면 우리 삼 남매는 아래층에서 올라오는 맛있는 음식 냄새를 맡으며 굶주린 배를 움켜쥐어야 했다. 특히 사촌형이 마가린에 밥을 비벼 먹을 때면 그 냄새가 어찌나 좋던지, 저절로 침이 고였다.

당시의 기억이 깊은 상처로 남은 터라 어른이 되어서도 마가린에 흰 쌀밥을 비벼 먹으면 산해진미도 부럽지 않았다. 오죽하면 신혼 시절 아내에게 매일 마가린에 밥을 비벼달라고 얘기하곤 했다.

다락방 문틈 사이로 올라오는 냄새와 소리는 우리 남매에게는 일종의 고문과도 같았다. 종종 우리를 부르자는 외할머니의 목소리가 들릴 때도 있다. 동시에 세 사람 모두 두 귀를 쫑긋 세우고 부푼 가슴이 된다. 뒤이어 "됐다"는 외삼촌의 목소리가 들리면, 이내 체념하고 다락방의 가장 구석으로 자리를 옮긴다. 안방에서 들려오는 화기애애한 소리가 들리지 않도록.

다락방에 있었던 물건은 커다란 양은대야가 전부였다. 화장실 출입조차 허락되지 않았기 때문이다. 뚜껑이 있는 요강도 아닌 양은대야 하나만 덩그러니 다락방에 넣어주었으니, 참으로 야속한 어른들이다.

그 시절 마음의 상처가 너무도 깊은 탓일까. 지금도 눈을 감으면 또렷하게 기억난다. 외사촌들도 어찌나 우리 삼 남매를 괴롭혔던지. 철이 없어 그랬겠지만 어리기는 우리도 마찬가지였으니, 당시의 기억은 가슴 곳곳에 깊은 상처를 남겼다.

그럴수록 어머니에 대한 원망이 커져갔다. 어머니는 필시 우리가 그곳에 머물고 있다는 사실을 외할머니에게 들었을 것이다. 그런데도 우리를 찾아오지 않았다. 가끔씩이라도 어머니가 우리가 있는 친정집을 찾아와주었다면 그 정도로 천덕꾸러기 신세는 되지 않았을 텐데. 결국 어머니는 우리가 그곳에서 더부살이를 하던 일 년여 동안 한 번도 찾아오지 않았다. 훗날에야 어머니가 다른 남자와 재혼해 부산에서 살고 있었다는 이야기를 전해 들었다.

부모와 자식의 관계란 참으로 얄궂다. 어머니를 미워하고 원망하면서도 한편으로는 늘 그리웠다. 이제는 어머니의 삶을 이해할 수 있지만, 그렇다고 하여 깊은 슬픔이 옅어지는 것은 아니다. 생각해보면 어머니의 삶도 녹록지 않았으리라. 여고생 시절 아버지를 만나 사랑에 빠지게 되었고, 연이어 아이 셋을 낳았으니까. 당신도 아버지를 만났던 시간을 후회하며, 경제력 없는 남편을 한없이 원망했을 것이다. 아버지도 어리기는 마찬가지였다. 세상 물정 모르는 스물네 살 청년이 혼자 힘으로 아내와 자식들을 책임진다는 것이 어디 쉬웠겠는가.

아버지는 꽤나 잘생긴 외모 덕에 여성들에게 인기가 많았다고 한다. 철없던 부잣집 여고생이 덜컥 살림을 합칠 정도로. 그러나 사랑만으로는 살 수 없다는 것을 알게 된 어린 신부는 나를 낳자마자 홀연히 모습을 감춰버렸다.

어머니가 핏덩이를 두고 집을 나간 이유를 가르쳐주는 사람은 없었다. 지긋지긋한 가난이 화근이 되었을 것이라 짐작할 뿐이었다. 나이가 들어 어머니를 다시 만난 뒤 정확한 연유를 묻고 싶었지만 차마 입이 떨어지지 않았다. 이제 와서 이유를 물은들 무엇 하고, 사실을 안들 무엇 하겠는가.

다락방이 우리가 사는 세상의 전부였던 그 시절, 진짜로 우리 셋은 세상에 없는 존재와도 같았다. 주민등록이 말소되어 서류상으로도 존재하지 않는 처지가 된 것이다. 살아 있기는 하되 아무에게도 보이지 않는, 다락방 밑으로는 한 발자국도 나올 수 없는 가엾은 아이들이었다.

상계동 산속 움막집
그리고 새로운 가족

여덟 살이 되던 해에 우리는 다락 밖 세상으로 나올 수 있었다. 아버지가 상계동 산속에 움막집을 짓고 가족이 함께 살 수 있는 터전을 마련한 것이다. 비록 무허가 움막집이었지만 가족이 모여 산다는 것만으로도 뛸 듯이 기뻤다. 아버지는 우리가 학교에 다닐 수 있도록 말소되었던 주민등록을 살려주셨다.

누나들과 나는 고사리 같은 손으로 살림을 했고 아버지는 이따금 밖으로 나가 돈을 벌어 오셨다. 무허가 집이다 보니 전기가 들어오지 않아 어둠이 내려앉으면 남폿불에 의지해야 했다. 누나들은 남폿불 관리를 나에게 맡겼는데, 매일 남포를 분해해서 유리에 시커멓게 묻은 기름때를 벗기는 일이 쉽지 않았다. 자칫 잘못하면 유리가 깨지고 날카로운 유리 조각에 손을 베기 일쑤였다. 손을 베어 피가 흘러도 흔한 '빨간약'도 바르지 못하는 형편이었지만 남폿불 관리를 미루거나 안 하겠다고 버티지는 않았다. 어린 마음에도 내가 해야 하는 일이라고 생각했던 것 같다.

밥을 지을 때는 나무로 불을 피워야 했다. 그래도 눈치 볼 사람이 없고 타박하는 어른이 없어 천국과도 같았다. 당시 상계동은 산과 들이 펼쳐진 농촌마을이었다. 여름이 되면 산딸기를 따 먹고 개울에서 가재를 잡으며 놀았다. 친구들도 대부분 가난한 집 아이들이어서 움막집에 산다는 사실이 창피하게 느껴지지는 않았다. 어쩌면 그때부터 낙천적이고 긍정적인 성격이었는지도 모른다.

산속을 뒤져서 재료를 구한 뒤 집에 돌아와 뚝딱뚝딱 망치질을 하면 멋진 장난감이 되었고, 개울가에 나가 가재와 개구리를 잡아 구워 먹으면 훌륭한 간식이 되었다. 필요한 것이 있으면 무엇이든 내 손으로 구하고 만들었으니, 크고 작은 성취감을 느끼며 즐거운 생활을 이어나갔다. 무엇이든 부모님이 척척 알아서 해주던 친구들이 부럽지 않았다고 하면 거짓말이다. 그러나 부러움도 잠시, 산으로 들로 나가면 광활한 자연이 펼쳐지면서 내가 사는 세상을 훨씬 크고 넓게, 그리고 다채롭게 만들어주었다.

4년여 동안 이어진 상계동 생활은 우리 가족에게 많은 변화를 가져다주었다. 그사이 새 가족이 생긴 것이다. 어머니가 떠난 후 실의에 빠져 술로 세월을 보내시던 아버지는 새어머니를 만나 삶의 의지를 새롭게 하셨다. 아버지는 새어머니를 펜팔로 만나셨다고 한다. 훤칠한 외모뿐 아니라 글솜씨에도 남다른 재능을 가지고 계시던 아버지에게 반하여 무작정 서울로 상경했다고 들었다. 처녀였던 새어머니가 자식이 셋이나 딸린 홀아비의 청혼을 받아들인 이유가 무엇이었을까. 처음에는 편지로 전해지는 달콤한 글솜씨에, 그리고 직접 만나서는 영화배우 뺨치는 외모에 반하고 정 많은 성격에 빠져서 결혼을 결심하신 것이라 추측한다.

아버지와 새어머니는 결혼 후 아들과 딸을 낳았다. 나에게도 동생이 생긴 것이다. 비록 낳아주신 어머니는 달랐지만 우리 오 남매는 깊은 정을 쌓으며 친남매처럼 자랐다. 여전히 우리는 서로를 사랑하며, 하늘이 맺어준 형제의 인연을 소중히 이어나가고 있다.

새어머니는 성품이 착한 분이셨다. 없는 살림에 아이들을 먹이느라 고생하면서도 아버지에게 헌신적이었다. 당신이 낳은 자식을 건사하기에도 버거웠을 텐데, 전처소생의 자식들에게도 최선을 다하셨다.

초등학교 입학식 날, 새어머니의 손을 잡고 학교에 갔던 기억은 지금도 생생하다. 잘못을 하면 여느 어머니들처럼 따끔하게 혼도 내셨다. 그래도 당신이 낳은 자식이 아니라 조심스러웠던지 매를 드신 적은 딱 한 번뿐이었다. 돈이 없다고 몇 번을 말씀하셨는데 내가 아랑곳하지 않고 준비물을 사달라고 졸랐기 때문이다. 부모가 되고 보니, 돈이 없어 자식이 원하는 것을 사주지 못할 때 가장 먼저 부모의 가슴이 무너진다는 사실을 알게 되었다.

전처소생의 자식들에게도 정성을 다했으니 남편인 아버지에게는 어떠했겠는가. 늦은 시간에 들어오시는 아버지를 위해 늘 밥 한 그릇을 아랫목에 묻어두셨다. 아버지는 당신을 위해 차려진 밥을 드시지 않고 냄비에 담아 물과 김치를 넣은 뒤 푹푹 끓이셨다. 그리고 잠든 우리를 깨워 함께 먹도록 했다. 잠결에 일어나서 먹던 김치죽의 맛이 얼마나 좋았던지, 지금도 그 생각을 하면 입가에 미소가 번진다. 아버지의 깊은 사랑이 느껴져 가슴이 따뜻해지는 것이다.

그러나 한없이 즐거울 것만 같았던 움막집 생활에 먹구름이 드리워졌다. 상계동 주변이 신도시로 개발되기 시작하면서 더는 무허가 움막집을 유지할 수 없게 된 것이다. 엎친 데 덮친 격으로 아버지의 일도 점점 어려워졌고, 아버지는 또다시 술에 의존하기 시작했다. 화풀이는 언제나 새어머니의 몫이었다. 아버지의 술주정이 심해질수록 새어머니의 삶도 피폐해져만 갔다. 셋째 동생을 낳은 지 얼마 지나지 않아 갓난아이만 데리고 집을 나갔다.

짧은 기간이었지만 나는 새어머니를 잊을 수가 없다. 보고 싶고 그립다. 필시 동생들은 나보다 훨씬 더 어머니를 그리워하고 있을 것이다. 어떻게든 찾고 싶지만 인적사항을 몰라 쉽지가 않다. 하지만 나는 포기하지 않는다. 만일 어딘가에서 힘들게 살고 계신다면 지난날 우리 형제에게 베풀어주셨던 은혜를 갚고 싶기 때문이다. 또 어머니를 그리워하는 동생들에게 어머니를 만나는 기쁨을 선물하고 싶다.

내 삶의 모토는
아버지와 정반대 삶을 사는 것

철이 들면서 나는 아버지와 정반대로 살겠노라 다짐했다. 아버지는 자식들을 끔찍이 사랑하고 정도 많은 호인이었지만, 무능했고 가족을 끝까지 책임지지 못했다. 친어머니를 떠나보냈고, 가족에게 헌신적이던 새어머니마저 집을 떠날 수밖에 없는 환경을 만들었으니 말이다. 그 과정에서 자식들의 마음에는 깊은 상처가 생겼고, 떠돌이 생활까지 해야 했다.

왜 그리도 무능했을까? 돈은 고사하고 술은 또 왜 그리 마셨을까?

아버지에게도 빛나던 시절이 있었을 테고, 꿈을 향해 한 걸음씩 나아가던 시간이 있었을 것이다. 어린 시절부터 1등을 도맡아 할 정도로 수재였던 아버지는 영민하셨고, 영화배우라는 수식어가 따라다닐 만큼 수려한 외모를 가지고 있었다. 몇몇 영화에 단역배우로 출연하면서 유명한 영화배우가 되겠다는 꿈에 한 걸음씩 다가가던 청년 시절의 아버지는 갑작스럽게 한 여인을 만나 사랑에 빠졌고, 어느덧 세 아이의 아버지가 되었다. 가족의 생계가 오롯이 자신의 몫이었으니, 간절히 바라던 꿈을 접을 수밖에 없었던 것이다.

가난한 현실과 꿈 사이의 괴리는 점점 커졌고, 아버지는 술에 의지하는 시간이 많아졌다. 잡지 못할 파랑새를 찾아다녔던 것이다. 그사이 한 여인이 떠났고, 새로운 여인이 나타났을 때는 옛 여인을 잊지 못해 다시금 잡을 수 없는 파랑새를 찾아 방황했다. 당신의 방황이 어린 자식들의 삶을 멍들게 한다는 사실도 모른 채.

그러나 나는 단 한 번도 아버지를 미워해본 적이 없다. 뜻대로 일이 풀리지 않고 여인들도 떠나서 술을 마신 것인지, 술을 마셔서 그 모든 일이 일어난 것인지는 알 수 없지만 자식을 사랑하는 마음만큼은 온전한 진심이었다. 그래서 아버지가 원망스럽기보다는 한없이 가여웠다.

감사하게도 아버지의 삶을 보며 어떻게 살아야 하는지도 배웠다. 아버지와 정반대로만 살면 된다는 삶의 원칙이 생긴 것이다. 술에 취해 해가 중천에 떴을 때 비로소 일어나던 아버지와 다르게 사는 방법은 이른 새벽에 눈을 뜨는 것이다. 할 일이 있든 없든, 이불 밖이 춥든 덥든 나는 무조건 이른 새벽에 눈을 뜨고 밖으로 나갔다. 술도 좀처럼 마시지 않는다. 곤드레만드레 취해 이성을 잃어버렸던 적은 태어나서 지금까지 단 한 번도 없다. 딱 한 번 아버지의 회갑잔치에서 술에 흠뻑 취해 정신을 잃었지만 이성을 잃어버리지는 않았다. 취기가 올라 얼굴이 붉어진 일도 많지 않다. 혹여 아버지를 닮아 술을 마시기 시작하면 중독이 될지도 모른다는 두려움이 있었기 때문이다.

총각 시절부터 내 가족만큼은 반드시 지킨다고 다짐했었다. 아내를 사랑하고 배려하는 것은 물론 자식들에게 가난을 물려주지 않고, 마음에 상처를 주지 않겠다고 맹세한 것이다. 다행히 고운 아내를 만났고, 착한 아이들을 둔 덕에 행복한 가정을 꾸려나가고 있다. 아버지와 닮은 점이 단 하나도 없는 아들이 되는 데 성공했다는 뜻이다.

그러나 피는 물보다 진하다고 했던가. 세월이 흘러 지천명이 되고 보니, 이제야 내가 아버지를 참 많이 닮았다는 사실을 알게 되었다. 살아가는 모습은 정반대일지 모르나 삶의 근간이 되어주는 뿌리는 같다. 가족을 향한 지극한 사랑이 바로 그것이다. 아버지에게 1순위는 언제나 가족이었다. 비록 경제적으로 넉넉한 삶을 만들어주지는 못했지만, 자식들을 향한 사랑은 한결같았다. 나도 아버지를 닮아 가족이 기쁘면 함께 행복하고, 슬프면 함께 아프다. 가족이 있어서 앞으로 나아갈 수 있으니, 가족은 삶의 원동력이자 내일을 여는 힘이다.

그 옛날 "아버지를 사랑하면서 그 사실을 미처 깨닫지 못하고 있다"는 아내의 말처럼, 아버지를 점점 닮아가고 있는 나를 보며 나를 둘러싼 모든 것에서 아버지를 느낀다. 그리고 가슴 깊이 감사와 사랑을 전한다.

열두 살짜리 고물장수

    새어머니가 떠나고 상계동 움막집도 헐리게 되면서 우리 가족은 다시 흩어지는 처지에 몰렸다. 움막집이 강제로 철거되면서 아파트 입주권을 받았지만 철거민에게 아파트 입주권은 빛 좋은 개살구에 지나지 않았다. 대부분 철거민과 마찬가지로 우리도 입주권을 팔고 정들었던 상계동을 떠나야 했다. 하지만 서울에는 그 돈으로 얻을 수 있는 집이 없었다.

    결국 아버지는 다시 떠돌이 생활을 시작하셨고, 우리는 친할머니가 계시는 광주로 내려가게 되었다. 친할머니는 우리 가족과 고모 가족에게 든든한 안식처였다. 가난의 굴레에서 벗어나지 못할 때 의지할 수 있는 유일한 사람이 바로 할머니였기 때문이다. 우리 식구들이 광주 할머니 댁으로 가고 비슷한 시기에 고모도 광주로 내려와 삶의 터전을 잡았다. 모두가 할머니 슬하에서 생활했던 것이다.

다만 전학 수속을 제대로 해주지 않아 광주 할머니 댁으로 내려간 뒤 1년 동안 학교에 가지 못했다. 비록 아버지도 안 계시고 학교도 쉬게 되었지만 친할머니가 계셔서 외롭거나 힘들지는 않았다. 어쩌면 그 무렵부터 혼자 살아가는 법을 터득했는지도 모른다. 넘어져서 울고 있어도 나를 일으켜 세워줄 보호자가 없다는 사실을 알고 있었다. 눈물을 닦고 자리에서 일어나 앞을 향해 나아가는 것만이 내가 할 수 있는 유일한 일이었다. 어리광을 부리거나 게으름을 피울 여유가 없었으니 스스로 살아가는 방법을 하나씩 터득해나갔다.

1년을 보내고 이듬해 다시 학교에 갔다. 나이가 한 살 많고 독립심도 강했으니 항상 친구들 사이에서 골목대장 노릇을 했다. 남에게 뒤처지는 것을 싫어해 학교에 등교하는 시간도 전교에서 가장 빨랐다. 이른 아침에 일어나 교문이 열리기도 전에 학교에 도착하면 수위 아저씨가 졸린 눈을 비비며 굳게 닫혔던 철문을 열어주고는 했다. 특별히 할 일이 있어서 일찍 등교하는 것은 아니다. 아무도 없는 교실 문을 열고 들어갈 때 느껴지는 차가운 공기의 냄새가 좋았다. 아울러 그래야 아버지와 다르게 살 수 있다고 믿었다. 이는 습관이 되었고, 중학교와 고등학교를 거쳐 성인이 된 이후에도 가장 먼저 출근하는, 이른바 '아침형 인간'이 되었다.

학교가 끝나도 좀처럼 집에 있지 않았다. 집으로 돌아와 가방을 내려놓으면 곧장 밖으로 나가 광주 시내 여기저기를 쏘다녔다. 그저 이곳저곳을 구경하는 것이 좋았다. 할머니는 그런 나를 보고 역마살이 들었다고 걱정했지만 밖에 나가지 못하도록 야단을 치지는 않으셨다. 친할머니로서는 엄마도 없이 자라는 손자가 그저 안타까웠던 것이다. 챙겨주는 엄마가 없어 주눅이 들 법도 한데, 오히려 골목대장 노릇을 하면서 활달하게 지내는 모습이 대견스러웠던 것이다.

시내를 활보하고 다니다 보면 종종 신기한 물건들을 구경할 수 있다. 쓰다가 버린 물건들이 길거리에 널려 있는데, 그중에는 고장 난 시계나 라디오 등 버리기에 아까운 물건들도 있었다. 비록 고장 난 것들이지만 고치면 쓸 수 있고, 고물로 팔면 약간의 돈도 벌 수 있겠다는 생각이 들었다. 그때부터 나는 길을 다니면서 쓸 만한 물건들을 주워 오기 시작했다. 몇 개월이 지나자 친할머니 댁 작은 마당은 내가 주워 온 물건들로 가득 찼다. 시계나 라디오 등은 인근 고물상에 가져가 돈으로 바꿨고, 만화책이나 연필, 필통 같은 학용품은 내가 사용하거나 친구들에게 약간의 돈을 받고 팔았다.

나 스스로 돈을 벌 수 있다니. 이는 매우 신기한 경험이었다. 친구들이 찾아와 물건들을 구경하고 필요한 것이 있으면 돈이나 다른 물건을 주고 바꿔 가기도 했다. 친구들 사이에서 필요한 물건이 있으면 "재영이에게 물어보라"는 이야기가 돌 정도였다.

'본격적으로 이 일에 도전해보자.'

어린 마음에 나는 작은 결심을 했다. 그리고 본격적으로 고물장사를 하려고 리어카(손수레)까지 장만해 시내를 돌아다녔다. 리어카를 끌고 시내를 다니면 어른들이 안 쓰는 물건을 직접 가져다주었다. 시내를 활보하면서 돈이 될 만한 것이 눈에 들어오면 남의 눈을 신경 쓰지 않고 리어카에 담았다. 학교에 가지 않는 날에는 새벽부터 집을 나와 시내를 한 바퀴 돌았다. 4시간가량 거리를 돌고 나면 내 손에는 돈이 될 만한 것들이 잔뜩 들려 있었다. 리어카를 끌고 다니자 업무 효율성이 매우 높아진 것이다. 맨손으로 시내를 활보할 때와는 달리 엄청난 양의 재활 용품을 모았다.

지금은 많은 어르신이 폐지를 리어카에 싣고 다니지만, 당시에는 내가 최초라 해도 과언이 아니었다. 이제 와 생각해보면 어린 나이에도 돈과 시간을 효율적으로 관리하는 법을 알고 있었던 것이다.

실제로 이른 새벽, 시내 곳곳을 다니면 전날 사람들이 내다 버린 물 건들이 넘쳐난다. 남들에게는 쓰레기에 불과한 것들이지만 나에게는 우리 가족의 끼니를 해결해줄 귀한 돈이었다.

돈이 될 법한 물건을 주우면 기분이 좋아 가슴이 쿵쾅거렸다. 그렇 게 돈을 벌다 보니 욕심이 생겼다. 부끄러운 이야기지만 욕심이 생기자 옳고 그름에 대한 경계가 희미해졌다. 고무신, 세숫대야, 빈병 등 돈이 될 만한 것을 슬쩍슬쩍 훔치기 시작한 것이다. 점점 대담해진 나는 남 의 집 옥상까지 몰래 들어가 솥뚜껑을 훔치기도 했고, 빨랫줄로 쓰는 굵은 전깃줄을 걷어다가 피복을 벗긴 후 구리선을 추출하여 고물상에 팔기도 했다. 어린 나이에 꽤 많은 돈을 벌었으니, 옳지 않다는 것을 알 면서도 멈출 수가 없었다.

반면에 돈을 아끼지는 않았다. 돈이 생기면 친구들에게 선심을 쓰 기도 하고 먹을 것을 사서 누나들에게 주기도 했다. 씀씀이가 헤퍼진 나를 할머니는 의심의 눈초리로 바라보았고 머지않아 남의 물건에 손 을 댄다는 것을 아셨다. 눈물이 쏙 빠지도록 매를 맞은 뒤에야 비로소

도둑질을 멈추고, 도매시장에 가서 사과와 토마토 등 계절 과일을 받아다 팔기 시작했다.

대다수 어른들은 나를 가엾게 여기며 가격을 흥정하지 않고 과일을 사주었다. 그 덕분에 나는 언제나 친구들에게 인심이 후했다. 아마도 그때부터 '돈은 써야 또 벌 수 있다'는 다소 엉뚱한 경제관념이 생긴 것 같다. 결과적으로 나는 지금도 악착같이 돈을 모으지는 않는다. 주위에서는 그런 나에게 어려워질 때를 대비해야 한다며 "있을 때 아끼라"고 충고하지만 이는 맞는 말인 동시에 틀린 말이다.

사치를 한다거나 유흥비로 흥청망청 돈을 쓴다면 이는 필시 잘못된 행동이다. 내 가족의 안위를 위해 수전노처럼 돈을 아끼는 것도 잘못된 경제관념이다.

　내가 저축보다 오늘의 행복을 중시하는 것은 그 안에 슬립링코리아를 위해 헌신한 우리 직원들의 행복이 있기 때문이다. 어려워질 때를 대비한다는 미명 아래 지금 나와 함께 동고동락하는 직원들의 삶이 곤궁해지는 것은 알뜰한 경제관념이 아니라 지극히 사사로운 욕심이라고 생각한다. 오늘에 충실하지 못하면서 무슨 수로 미래의 삶에 충실할 수 있겠는가.

　내가 가지고 있는 범위 안에서 현재 누릴 수 있는 행복을 최대한 누리는 것은 낭비가 아니라 더 나은 미래를 위한 투자다. 또 나 혼자만의 행복이 아니라 나와 가족 그리고 내 주변에 함께하는 사람들이 동시에 행복할 수 있다면 그 자체로도 충분히 의미 있다.

금반지 도둑

고물장사를 하는 동안 무엇이든 할 수 있다는 자신감이 생겼다. 생각이 떠오르면 머뭇거리지 말고 실천에 옮겨야 한다는 것도 배웠다. 이는 부모와 떨어져 지내는 가엾은 손자를 애지중지하는 한편, 독립심을 키우고 주체적으로 살아가도록 호되게 가르쳐주신 할머니 덕분이다. 그런 의미에서 할머니는 나에게 어머니와 같은 분이다. 삶의 올바른 자세와 가치관을 길러주셨기 때문이다.

한편으로 할머니는 내게 평생의 굴레를 안겨준 분이기도 하다. 무슨 뜻이냐면, 할머니는 무속인이었다. 당신만의 신을 모시는 무당이었으니, 보통의 할머니들과는 조금 달랐다. 장손인 나를 소중히 여겼으나 모시는 신에게 더 많은 정성을 기울이셨다. 우리에게는 오로지 꽁보리밥이 전부였던 반면, 제사를 지내는 날에는 기름진 쌀밥과 고기반찬, 달콤한 과자와 사탕, 과일이 가득했다. 그런 날은 할머니 몰래 제사 음식을 훔쳐 먹다가 들켜 호되게 꾸지람을 듣곤 했었다.

이처럼 지극정성을 기울인 덕분일까. 할머니의 신점은 꽤나 용해 점을 보러 오는 사람들의 발길이 끊이지 않았다. 그럼에도 불구하고 할머니의 신기가 늘 적중했던 것은 아니다. '중도 제 머리는 못 깎는다' 는 말처럼 할머니의 신통한 신점도 가족에게는 통하지 않았던 것이다. 그 때문에 가장 큰 피해를 본 사람은 바로 나였다.

그 시작은 할아버지의 질투 또는 인색함에서 비롯되었다. 할아버지는 핏줄로 이어진 친할아버지가 아니라 할머니에게 얹혀사는 분이었다. 본인도 할머니에게 얹혀살면서 객식구가 한꺼번에 몰려들자 기분이 나빴던 모양이다. 특히 나에게 곱지 않은 시선을 보내곤 했다. 내가 집안의 장손이었기 때문이었을까, 아니면 동기들에 비해 주장이 강했기 때문일까.

그러던 중 중차대한 사건이 벌어졌다. 할머니께서 가장 아끼던 금반지가 감쪽같이 사라진 것이다. 온 식구가 나서서 집 안을 이 잡듯 뒤졌지만 결국 찾지 못했다. 할머니는 누군가 반지를 훔쳐갔다고 결론지은 뒤 범인으로 다름 아닌 나를 지목하셨다. 할아버지의 부추김 때문이었다. 평소 리어카를 끌고 다니며 남의 집 물건에 손을 댄 적이 있었으니 의심을 살 만도 했다. 그러나 단연코 나는 반지를 훔치지 않았다.

오히려 나는 할아버지가 반지를 훔친 범인이라고 확신했다. 상식적으로 생각해보아도 초등학생에 불과했던 내가 금반지를 훔치는 것은 말이 되지 않았다. 훔쳤다 한들 어린아이가 금은방에 가서 팔 수 있겠는가. 가족들 몰래 숨겨놓을 수도 없으니 애물단지에 불과할 뿐이었다.

반면에 할아버지는 마음만 먹으면 금반지를 쉽게 처분할 수 있다. 꽤 논리적인 주장이었지만 할머니는 나를 믿어주지 않았고, 할아버지는 노골적으로 나를 범인으로 몰고 갔다. 내가 결백을 주장하면 할수록 더 '영악한 놈'이 되고 말았다.

억울하고 분했지만 포기하는 것 외에는 방도가 없었다. 결국 가족들과 친척들 모두 내가 반지를 훔친 범인이라 여기게 되었다. 할머니는 돌아가시는 날까지 생각을 바꾸지 않으셨다. 훗날 치매에 걸려 정신이 오락가락할 때도 나에게 금반지 도둑이라고 나무라실 정도였다. 어쩌면 내가 할머니의 마지막 길을 끝까지 함께한 터라 모진 소리를 더 많이 들었는지도 모를 일이다.

고모가 더는 치매에 걸린 할머니를 감당할 수 없다고 하셔서 우리 집으로 모시고 왔다. 아내는 거동을 못하시는 할머니를 위해 대소변을 받아내며 정성을 다했고 마지막 순간 임종까지 지켜드렸다.

평생 나를 괴롭힌
할머니의 말씀

사람들의 앞날을 예언하던 할머니는 치매에 걸린 뒤 어린아이가 되어버렸다. 증세가 심각해진 뒤에 우리 집에 온 터라 심술을 넘어 악담을 퍼부었다. 특히 아내에게 "재영이가 바람을 피우고, 너는 알거지로 쫓겨날 거야"라며 하루에도 수없이 저주에 가까운 악담을 하셨다. 치매라는 것을 알지만 귀에 못이 박이도록 똑같은 이야기를 반복하셨으니 아내도 조금씩 지쳐갔다. 설상가상으로 무속인이었던 처남댁도 비슷한 이야기를 했다. 예언을 가장한 악담이었다. 한 치 앞도 알 수 없는 게 사람의 인생이거늘, 책임질 수도 없는 이야기를 예언이라고 하다니 야속하기 그지없었다.

물론 아내가 점을 맹신하는 사람은 아니다. 그럼에도 불구하고 나쁜 말을 들으면 영 찝찝하다. 괜스레 재수가 없는 날은 문득문득 생각이 나서 불길한 예감이 들기도 한다. 그 때문에 나는 필요 이상으로 아내에게 일거수일투족을 보고하고 있다. 어찌 보면 내가 아내보다 더 할머니와 처남댁의 이야기를 의식하고 있는지도 모른다. 혹여 아내가 신경을 쓰는 게 아닐까 걱정스러워 조심하는 것이다.

내가 농담 반 진담 반으로 "어때, 이만하면 바람피우지 않는다는 거 확실하지?"라고 말하면 아내는 "잊어"라고 말했다가 기분에 따라 "아직 인생 다 산 거 아니야. 앞으로 계속 두고 볼 거야"라고 받아치기도 한다.

나도 기분에 따라 "조심할게"라고 말했다가 "쓸데없는 소리 한다"고 핀잔을 주기도 한다. 괜스레 우리 사이에 틈이 생긴 것이니, 가끔은 하늘을 보며 할머니께 하소연한다.

"할머니, 이제 그만 우리 부부를 나쁜 말씀에서 놓아주세요."

넌 뭐든 할 놈이야

열두 살에 시작한 고물장사, 아니 '재활용품 사업'은 그 뒤에도 계속되었다. 리어카를 끌고 큰길에 나서면 어른들은 대견하다며 '어디다 내놔도 굶지 않을 놈' 또는 '뭐든 할 놈'이라는 칭찬을 해주었다. 그러나 나는 어른들의 칭찬을 들으면 슬픔이 밀려왔다. 다른 아이들처럼 부모님 품에서 어리광을 부리는 호사를 상상할 수 없는 처지였기 때문이다. 동네 어른들의 칭찬이 '내 힘으로 세상을 살아가야 한다'는 중압감으로 다가온 것이다. 어리광을 부릴 나이에 스스로의 운명을 받아들여야 했으니 슬펐던 게다.

초등학교 5학년이던 1981년 가을이 되어서야 떠돌이 생활을 하시던 아버지가 돌아오셨다. 아버지가 돌아오셨다고 해서 특별히 형편이 나아진 것은 아니지만 가족이 함께 지낼 수 있게 된 것만으로도 기뻤다. 다만 친할머니 집이 비좁아 다 함께 지낼 수는 없었다.

아버지는 광주 시내에서 북쪽으로 벗어난 연제동 산속에 가족이 기거할 곳을 봐두셨다고 했다. 평생을 술과 벗하며 한량으로 살아오신 분이지만 힘든 상황에서도 낙담하기보다는 살아갈 길을 찾아내셨다. 그 덕분에 나도 긍정적인 성격을 갖게 되었는지도 모른다.

아버지를 따라간 곳은 아무것도 없는 산속이었다. 당시 연제동은 개발되기 전이어서 산 중턱 여기저기에 무허가 움막집을 짓고 사는 사람들이 많았다. 움막집이라면 서울 상계동에서도 살아본 경험이 있었기에, 집이라고 부르기에도 민망한 곳이었지만 우리 가족은 즐거운 마음으로 새로운 삶의 터전을 마련했다. 산 중턱의 평평한 곳을 골라 잡초를 걷어내고 움막을 지었다. 나무에 밧줄을 묶어 빨랫줄을 만들고 땅을 움푹하게 판 뒤 돌을 날라다 불을 피울 수 있는 아궁이를 만들었다. 솥과 냄비 등 가재도구를 얹어놓으니 훌륭한 주방이 되었다.

모든 것이 부족하고 엉성했지만 가족이 함께 힘을 모아 보금자리를 만들 수 있다는 것만으로도 행복했다. 나는 동생들을 위해 멋진 그네도 만들어주었다. 가지가 굵은 나무를 골라 새끼줄을 단단히 묶고, 엉덩이를 걸칠 수 있도록 나무를 잘라 구멍을 뚫어 연결한 것이다. 내가 만들어준 그네를 타며 행복해하던 동생들의 표정이 지금도 눈에 선하다.

고물장사를 하면서 모아놓았던 여러 가지 물건이 새로운 살림살이로 유용하게 활용되었다. 부족하나마 움막집이 완성되고 한숨을 돌리자 곧바로 겨울이 왔다. 산속의 겨울은 유난히 추웠다. 하지만 그 또한 걱정할 일은 아니었다. 산에 널려 있는 나무를 주워 불을 피우고 온 가족이 둘러앉으면 훈훈함을 넘어 따뜻하기까지 했다. 이듬해 봄소식과 함께 우리는 오리와 닭을 키우기 시작했다. 온 가족이 한마음으로 지극 정성을 다해 돌보았다.

그러는 사이 나는 동네에서 유명인사가 되어 있었다. 내가 끌고 다니던 리어카에는 없는 물건이 없었기 때문이다. 트랜지스터라디오, 전화기, TV 같은 가전제품도 있었다. 고장 난 제품들이었지만 분해한 뒤 뚝딱뚝딱 고치면 거짓말처럼 전원 버튼이 켜지고 작동이 됐다. 가령 전화기는 수화기 부분에 연결된 납땜이 떨어지면서 고장이 난다. 납땜을 하면 다시 사용할 수 있는 것이다. 라디오도 분해하여 선을 이으면 대부분 소리가 난다. 무엇이든 내 손에만 들어오면 새것이 된다는 소문이 퍼지면서 동네 어른들도 가전제품이 고장 나면 전파상 대신 나를 찾아왔다.

TV가 잘 안 나와도 나를 찾았다. 그럴 때는 지붕 위에 매달아놓은 안테나를 조정해서 고쳐주곤 했다. 어르신들은 내 덕분에 〈전원일기〉를 볼 수 있게 되었다며 입에 침이 마르도록 칭찬을 하셨다. 고등학생이 되어서는 시골마을을 다니며 가전제품을 고쳐주는 봉사활동을 하기도 했다. 그렇게 생활하면서 초등학생에 불과했던 어린 소년은 어엿한 청년으로 성장해나갔다.

인생에서 가장 소중했던 시기를 꼽으라면 대다수 사람들은 사춘기를 거쳐 성인이 되어가던 풋풋한 청춘의 시기를 떠올리곤 한다. 그 시기를 통해 가치관이 형성되고 삶을 바라보는 자신만의 시각이 다듬어지기 때문이다. 이를 바탕으로 인생의 설계도가 만들어진다. 나 역시 다르지 않다. 광주 연제동 산골 움막집은 나를 소년에서 청년으로 성장시켜준 보금자리였으며, 지금의 나를 있게 한 소중한 터전이므로 평생 잊을 수 없는 곳이다.

사업을 시작하고 몇 해 지나서 출장차 광주에 간 적이 있다. 시간을 내어 우리가 살던 연제동을 찾아가보았다. 연제동 일대가 사업지구로 개발되어 예전 풍경과는 많이 달라져 있었지만 우리가 살던 산은 여전히 그대로였다. 우연히 어르신 한 분을 만났는데, 우리가 움막집을 짓고 살던 산은 어느 문중의 선산이어서 개발의 바람을 비켜갔다고 한다. 알고 보니 그 어르신이 바로 문중의 선산지기였다. 그 어르신과 나는 오랜 기억을 더듬으며 힘들었지만 행복했던 시절의 이야기를 한참 동안이나 나눴다.

두 부류의 친구들

　어려운 형편이었지만 그래도 어렵사리 중학교를 다닐 수 있었다. 공부에 열의가 강했던 것은 아니지만 학업 성적은 나쁘지 않았다. 아마도 아버지의 명석한 두뇌를 물려받은 덕분이 아닌가 싶다. 중학교 3학년이 되어 고등학교 입시를 준비하면서 담임선생님과 면담을 했는데, 인문계 고등학교 진학을 권유하셨다. 중상위권 대학에 입학할 수 있었기 때문이다.

　때마침 아버지도 평생 처음으로 번듯한 회사에 취업을 하셨다. 중동 건설 붐이 한창일 무렵, 가족을 위해 사우디 건설현장으로 가셨다. 일정한 직업 없이 평생을 떠돌아다니셨지만, 점점 자라는 자식들을 보며 걱정이 되셨던 모양이다.

　아버지가 중동의 이글거리는 태양 밑에서 구슬땀을 흘리는 동안 우리 가족은 처음으로 안정된 생활을 할 수 있었다. 그 덕분에 나는 선생님의 권유에 따라 인문계 고등학교에 진학했지만 그리 오래 다니지는 못했다. 고등학교 1학년을 마칠 즈음 다시 아버지를 따라 서울로 이사를 가야 했기 때문이다.

다행히 사우디 건설현장에서 벌어 온 돈이 있어서 서울 노원구 상계동 인근 아파트에 입주할 수 있었다. 비록 아홉 평도 안 되는 비좁은 영세민 영구임대아파트였지만 쫓겨날 걱정 없이 살 수 있게 된 것은 그때가 처음이었다. 엄청난 행운이었다.

서울로 이사한 후 전학을 앞두고 나는 진지하게 미래를 고민하기 시작했다. 과연 내가 인문계 고등학교에 입학해서 대학을 목표로 공부하는 것이 옳은 선택일까? 훗날 대학에 합격한다 해도 온전히 학업에 전념할 수 있을까?

사실 이러한 생각은 고등학교 1학년 내내 이어졌었다. 평생 술에 의지한 탓에 아버지의 몸은 쇠약했다. 그런데도 자식들을 위해 중동의 가마솥더위와 싸우고 계셨으니, 좀처럼 공부에 집중할 수가 없었다. 아버지를 대신해 내가 집안의 가장이 되어야 한다는 생각이 점점 더 확고해지기 시작했던 것이다.

현실적인 상황으로 미루어볼 때 서울에서 인문계 고교로 전학하는 것은 현명한 선택이 아니라는 결론에 이르렀다. 전에 비해 형편이 좋아졌다고는 하나 여전히 우리는 영세민 신세를 벗어나지 못하고 있었다. 밑으로 두 동생까지 있었으니 대학 진학은 꿈같은 이야기였다. 자연스럽게 나의 관심은 졸업 후 취업이 가능한 공업고등학교로 기울었다. 결국 집에서 통학하기에 적당한 인덕공고로 전학을 결정했다.

전학 초기에는 지방 출신이라는 이유로 놀림을 받기도 했다. 특히 광주에서 살면서 입에 붙은 사투리 때문에 친구들과 편하게 어울리기가 어려웠다. 하지만 전학 후 치른 첫 시험 결과로 상황은 달라졌다. 이전 학교에서도 제법 성적이 좋았으니, 실업계 고등학교의 시험은 식은 죽 먹기나 다름없었다. 전교 10위권 안에 들자, 나를 따라다니던 촌놈이라는 수식어는 거짓말처럼 사라졌다. 얼마 지나지 않아 나는 친구들 사이에서 가장 인기 있는 학생이 되어 있었다. 어려서부터 골목대장을 자처하며 고물을 줍고 다녔으니 누구와도 쉽게 어울렸고 구김살도 없었다. 공부도 잘했으니 1등부터 꼴등까지 모든 아이와 교감하며 친구가 될 수 있었던 것이다.

당시 인덕공고는 2학년이 되면 전공별로 반이 나뉜다. 가장 취업이 잘되는 기계설계반은 전교 석차가 높은 순으로 들어갈 수 있었다. 당연히 나도 기계설계반에 들어갔다.

우등생이 모인 기계설계반에서도 친구들과 관계가 좋았다. 그 당시 같은 반에서 공부하던 친구들은 졸업 후 기아자동차, 서울메트로 등 대기업이나 공기업에 취업해 지금까지 안정된 생활을 하고 있다. 어려운 가정형편상 공업고등학교를 선택했지만, 공부에 뜻이 있었기에 훗날 대학에 진학해 학업과 사회생활을 병행해나갔다.

다만 나는 모범생으로서 공부와 취업 준비만 하기에는 타고난 성격이 너무도 활발했다. 그래서 일명 '노는' 친구들과도 어울리기 시작했다. 성실히 취업을 준비하는 한편, 여러 아이와 무리지어 다니며 껄렁껄렁 시간을 보냈고 때론 싸움도 하며 겁 없는 청춘을 보냈던 것이다.

그래서 내 고교 시절 친구는 모범적인 아이들과 껄렁거리는 아이들, 두 부류로 나뉜다.

졸업 후 오랜 시간이 지나 두 그룹 친구들이 한자리에 모이는 일이 종종 생겼다. 예를 들어 슬립링코리아가 신축공장을 짓고 확장 이전식을 열면, 두 그룹 친구들 모두 참석해 자리를 빛내준다. 이때 서로가 서로를 알아보지 못해 내가 나서서 인사를 시켜줘야 하는 진풍경이 펼쳐진다. 분명 같은 학교를 졸업했는데 서로를 알아보지 못하는 것이다.

그럴 때면 내가 주도적으로 공통의 기억을 찾아내려고 애쓴다. 몇 차례 만남이 이어져서 이제는 두 그룹 친구들 모두 서로에게 가벼운 농담을 건네며 안부를 묻는 사이로 발전하고 있다.

고교 시절에는 놀았을지라도 이제는 자신의 인생을 책임지는 어엿한 성인이자 한 집안의 가장이다. 두 그룹을 나누던 경계가 사라졌으니 서로가 서로에게 섞이고 스미는 것이 어렵지 않은 것이다.

해보지 않은 사람은 밑 빠진 독에 불을 붓는 일이 얼마나 허탈한 일인지 알지 못한다. 무익한 일을 하는 데 혼신의 노력을 기울이는 것은 헤어날 수 없는 늪에 빠진 것과 같은 공포를 안겨준다. 허우적거릴수록 더 고통스러워지는 것이다.

4

죽음보다
더 고통스러운 현실

검은 강을 마주하고

단 한 번이라도 삶과 죽음의 경계에서 죽음을 향해 나아간 적이 있다면 평범한 일상의 소중함을 알 것이다. 온 가족이 둘러앉아 정겹게 식사를 하고, 어리광 섞인 말투로 어머니에게 반찬 투정을 부리는 일이 얼마나 가슴 벅찬 기쁨인지 말이다. 대다수 사람이 누리는 소소한 행복이 나에게는 허락되지 않는다는 사실을 온몸으로 알게 되면, 그 고통의 무게에 짓눌려 삶의 끈을 놓아버릴 수도 있다. 지난날의 나처럼.

눈부시도록 푸른 청춘의 시기에 나는 깊은 고독과 절망에 사로잡혀 있었다. 청운의 꿈을 안고 황금빛 인생을 그려가는 대신, 지친 몸을 이끌고 사선을 향해 비틀비틀 걸어가는 쇠약한 노인처럼 인생을 끝맺음하려고 했던 것이다.

내가 선택한 마지막 장소는 강이었다. 낡은 자동차를 타고 무작정 달리다 만나는 깊은 강물에 몸을 던지리라 결심한 것이다. 한없이 달리다 보니 어느덧 시간은 자정이 넘어 있었다. 도로 위를 달리던 차량의 불빛들이 하나둘씩 모습을 감췄다. 양수리에 접어들자 희뿌연 물안개가 도로 위로 넘실거리며 피어올랐다. 시야가 흐려졌지만 속도를 늦추지는 않았다. 드문드문 마주 달려오는 차의 헤드라이트가 스치듯 비켜갈 때마다 '저들은 한시라도 빨리 가족의 품으로 돌아가고 싶겠지'라는 생각이 들었다. 눈물이 핑 돌았다.

늘 술에 취해 신세를 한탄하던 아버지는 평생 동안 애증의 대상이었다. 핏덩이였던 나를 두고 떠난 어머니는 영원토록 아물지 않을 상흔일 뿐이다. 언젠가 강한 어른이 되면 나와 동생을 보살펴준 누님들을 지키겠노라 다짐했지만 허무한 약속이 될 것만 같다. 제 한 몸 버티고 이겨낼 힘도 없었기 때문이다. 하염없이 눈물을 흘리며 달리다 보니 어느덧 양평에 접어들었다. 주위는 칠흑처럼 어두웠다. 강물과 맞닿은 갓길에 차를 세우자, 짙은 물안개 사이로 검은 강물이 꿈틀거리는 게 보였다.

삶을 마감하려고 하니, 지난 시간이 주마등처럼 스쳐 지나갔다. 코흘리개 어린 시절부터 돈을 벌겠다며 고물을 줍고 다녔던 날들. 술집 웨이터부터 공사장 인부까지, 돈을 벌 수 있는 일이면 무엇이든 주저하지 않고 도전했던 시간들. 어쩌면 너무도 치열하게 살아온 탓에 절망감에서 벗어나는 것이 더 어려웠는지도 모른다. 숨이 턱밑까지 차올라 더는 달릴 수 없는 마라토너처럼, 모든 것을 내려놓고 쉬고만 싶었다.

눈을 들어 앞을 바라보니 검은 강이 '죽음은 달콤하다'고 유혹하는 것만 같았다. 나는 눈을 감은 채 자동차 기어를 2단에 놓았다. 이대로 액셀러레이터를 밟으면 낡은 승용차는 주저 없이 강물 속으로 곤두박질칠 것이다. 비로소 나도 고단한 삶을 멈출 수 있게 되는 것이다. 가입한 보험이 있어, 누님들과 동생들에게 마지막 선물을 줄 수 있게 되어 다행이다. 그것만으로 충분히 만족스럽다고 되뇌며 오른발을 액셀러레이터에 올려놓았다. 동시에 발끝이 파르르 떨리며 경련이 일었다. 죽음의 문턱에 서자, 다시금 살고 싶다는 마음이 들기 시작한 것이다. 삶에 대한 미련, 또는 억울하게 살아왔던 지난 시간에 대한 저항….

정확히 표현할 수는 없으나, 발끝에서부터 시작한 떨림이 온몸으로 전해져 결국 액셀러레이터를 밟지 못했다. 이제 와서 생각해보면 운명의 신이 나에게 준 새로운 기회이자 배려였다고 믿는다.

시시포스의 형벌

고등학교를 졸업할 당시에는 두려운 것이 없었다. 어려서부터 주도적으로 살아왔으니 무엇이든 할 수 있다는 자신감이 있었다. 하지만 현실은 호락호락하지 않았다. 아버지께서 사우디 건설현장에서 일하시는 동안 비교적 안정된 생활을 했지만 오래가지는 못했다. 아버지가 귀국과 동시에 다시 술로 세월을 보내기 시작했기 때문이다.

나는 희망을 찾기 어려운 현실에서 벗어나기 위해 군에 입대하기로 했다. 남자들에게 군복무 시절은 되돌아가기 싫은 시기라고 하지만 나에게는 역설적으로 현실의 어려움을 잊게 해준 고마운 시간이었다. 군복무를 마치고 귀가했을 때 집안 형편은 입대 전보다 더 암울했다.

아버지는 술값과 생활비를 마련하려고 일하는 대신 빚을 졌다. 그 결과 마을금고에서 압류 통고를 받았다. 누님은 결혼을 앞두고 있었지만 예단이나 패물은 고사하고 변변한 옷 한 벌 지어 입을 형편이 안 됐다.

절망스러운 현실 앞에서 나는 낙담하는 대신 일을 찾아 나섰다. 태어나서 지금까지 늘 가난하게 살았으니 새삼스러울 것도 없었다. 어린 시절에도 고물을 수거해 되팔아 생활비를 벌었는데 성인이 된 지금 무엇이 두렵겠는가. 어렸을 때보다 더 독해져야 한다.

나는 세 가지를 끊겠다고 나 자신에게 다짐했다. 첫째, 술과 담배였다. 애초부터 술을 많이 마시지는 않았지만 단 한 잔이라도 먹지 않겠다고 나 자신에게 약속했다. 담배를 끊으면 허투루 나가는 돈을 아낄 수 있다. 둘째, 연애였다. 사랑과 연애가 청춘의 특권이라지만 어디까지나 삶의 여유가 있는 사람들에게 해당되는 이야기였다. 여자를 멀리하면 일할 수 있는 시간도 많아지고 돈도 절약할 수 있다. 끝으로 친구들과 교류도 끊어내기로 결심했다. 친구들과 웃고 떠드는 시간조차 당시의 나에게는 사치였기 때문이다.

그렇게 결심하고 직장을 찾아 나섰다. 기계설계로 취업을 원했지만 경력이 없어서 쉽지 않았다. 시간을 들여 회사를 찾을 여유가 없었기에 공사현장으로 달려가 막일을 시작했다.

건설현장은 거칠고 업무 강도도 높았다. 그러나 타고난 눈썰미와 부지런함 덕분에 빠른 시간 안에 인정을 받았다. 하루 일당도 꽤 높았다. 1990년대 초였는데 고된 노동을 요하는 업무의 경우 일당이 무려 8만 원이었다. 일이 험하고 고될수록 일당이 높기 때문에 가장 힘들고 위험한 일은 언제나 내 몫이었다.

일이 힘든 것은 견딜 수 있는데 막일의 단점은 비가 내리면 공사가 중단된다는 점이다. 그래서 현장의 다른 인부들은 자의 반 타의 반 언은 휴일을 가족과 보내거나 동료들끼리 모여 술추렴을 하곤 했다. 비가 오나 눈이 오나 돈을 벌어야 했던 나로서는 난감한 일이 아닐 수 없었다. 방법을 찾던 중 현장청소를 하면 일당이 나온다는 사실을 알게 됐다. 보수는 2만 원 내외였지만 자재정리와 현장청소를 할 수 있어 한 달 내내 쉬지 않고 돈을 벌 수 있었다. 당시 월급은 300만 원 정도였다. 난생처음 만져보는 큰돈이었지만, 이내 연기처럼 사라지고 말았다. 아버지가 계속해서 빚을 지고 다녔기 때문이다.

밑 빠진 독에 물을 붓는 격이었다. 해보지 않은 사람은 밑 빠진 독에 물을 붓는 일이 얼마나 허탈한 일인지 알지 못한다. 무익한 일을 하는 데 혼신의 노력을 기울이는 것은 헤어날 수 없는 늪에 빠진 것과 같은 공포를 안겨준다. 허우적거릴수록 더 고통스러워지는 것이다. 그러나 낙담할 시간조차 나에게는 허락되지 않았다.

다시금 마음을 가다듬고 건설현장으로 나가는 것 이외에는 선택할 길이 없었다. 하루도 쉬지 않고 매일같이 고된 노동을 해서 돈을 모은 뒤, 누님에게 결혼식 비용으로 건넸다. 언제나처럼 돈은 사라졌지만 마음은 뿌듯하고 기뻤다. 누님의 삶에 희망을 선물해주었다는 사실에 그간의 힘듦이 봄눈 녹듯 사라졌다.

그 뒤에도 나는 열심히 일했고, 계속해서 돈은 연기처럼 사라졌다. 누님의 결혼식처럼 유익한 일에 사용된다면 보람되지만 아버지의 빚을 갚는 데 사용되면 끝없는 허탈감이 엄습해왔다. 아마도 그 무렵부터 죽음을 생각하기 시작했던 것 같다. 모든 걸 잊고 이 세상을 등지고 싶다가도 세상에 남겨질 가족이 눈에 밟혀 이러지도 저러지도 못했다.

세상을 등지고 싶다는 바람과 가족에 대한 걱정을 해결할 수 있는 길은 단 하나. 사망보험에 가입된 자동차를 타고 가다가 불의의 사고를 당하는 것뿐이었다.

그리스 신화에 등장하는 시시포스는 신에게 커다란 바위를 산꼭대기로 밀어 올려야 하는 형벌을 받았다. 바위를 힘겹게 밀어 올려 산꼭대기에 이르면, 바위는 다시 아래로 굴러떨어진다. 시시포스에게 주어진 형벌은 바위를 밀어 올리는 노역이 아니라 백해무익한 일을 영원히 하는 것이었다. 힘들고 위험한 막노동이 나를 죽음으로 이끌었던 것이 아니라 무익한 일에 끝없이 혼신의 노력을 기울여야 한다는 사실이 나를 절망케 하고 울부짖게 만들었다. 운명의 신이 나에게 씌워놓은 고통의 굴레가 영원히 반복될 것 같다는 두려움에 휩싸였을 때 비로소 죽음을 결심하게 된 것이었다.

사흘간의 깊은 잠

그날 이후로도 몇 차례 더 차를 달려 양수리를 지나 양평으로 향했지만 마지막 순간에 액셀러레이터를 밟지 못했다. 죽음에 대한 두려움 때문이 아니었다. 내가 죽으면 남겨진 가족은, 아버지의 빚은 누가 해결한단 말인가. 죽음이라는 편안한 길조차 나에게는 사치였던 것이다.

스스로 죽음조차 선택할 수 없다는 자괴감에 빠지게 되면서 삶의 의지가 흔들리기 시작했다. 손가락 하나 까딱거리고 싶지 않았다. 먹을 수도, 잠을 잘 수도 없었다. 몸과 마음이 점점 피폐해져갔다. 모든 것을 잊고 깊은 잠에 빠져들고 싶다는 생각만 간절했다. 결국 며칠 동안 약국을 돌아다니며 사 모은 수면제를 한입에 털어넣었다. 그리고 나는 언제 깨어날지 모르는 깊은 잠에 빠져들었다.

창문 틈으로 들어온 빛이 내 얼굴을 간질이는 느낌에 눈을 떴다. 얼마나 잠들어 있었던 것일까. 혹시 이곳이 천국인가? 아직 잠이 덜 깬 탓일까? 눈앞에 펼쳐진 상황이 꿈인지 현실인지 분간할 수 없었다. 잠시 후 정신을 차리고 보니 분명 내가 수면제를 먹고 잠이 들었던 그 방이었다. 현실을 벗어나 어디론가 떠나고 싶다는 바람은 끝끝내 실패로 끝났다. 정신이 들자 허기가 밀려왔다. 얼마나 잠들어 있었는지는 알 수 없지만 뱃가죽이 홀쭉하게 달라붙은 것을 보니 꽤 오랫동안 잠들어 있었던 게 분명했다.

방 한 귀퉁이에 소반이 놓여 있고 밥과 반찬이 차려져 있는 게 보였다. 죽음의 잠에서 깨어난 사람 앞에 밥이 차려져 있다니, 기분이 묘했다. 나는 밥상을 내 앞으로 끌고 와 밥을 먹기 시작했다. 한참을 먹고 있는데 갑자기 목이 메어왔다. 울컥 눈물이 쏟아졌고 이내 흐느껴 울었다.

어딘가에서 '그래. 그렇게 살아. 살아남아야 돼'라는 목소리가 들려오는 것 같았다. 죽지 않았다는 안도감과 죽지 못했다는 슬픔이 뒤섞여 눈물은 멈추지 않고 계속해서 뺨을 적셨다.

나중에 알게 된 일이지만 밥상을 차려준 이는 다름 아닌 누님이었다. 근처에 살던 누나가 집에 들러 자고 있던 나를 위해 차려놓고 간 것이다. 누님은 내가 잠들어 있던 사흘 동안 두 번이나 찾아왔었다고 한다. 대체 왜 저리 자는 걸까 걱정스러웠지만 수면제를 먹었다고는 생각지 못했다고 한다.

하루하루가 너무도 피곤하여, 정신없이 자는 줄로만 알았다는 것이다. 그 모습이 안쓰러워 아랫목에 밥상을 차려놓았다고 했다. 훗날 그

때의 진실을 들려주었더니 누님은 깜짝 놀라며 이내 통곡을 하셨다. 지금도 누님은 그때 일을 이야기할 때마다 끝까지 말을 잇지 못하고 눈물을 삼키신다.

그날 이후 나는 더는 죽음을 생각하지 않는다. 환경과 상황은 달라지지 않았지만 '사흘간의 깊은 잠'은 나에게 삶의 의미와 가치를 깨닫게 해주었다.

그래서일까. 지난 시간을 되돌아보면 어느 것 하나 귀하지 않은 일이 없다. 가난했던 삶도, 죽음을 향해 나아갔던 시간도 이제는 소중한 기억이다. 사선을 넘나들던 때를 떠올리면 견디지 못할 일이 없기 때문이다. 제아무리 힘들다 한들 눈물에 흠뻑 젖은 밥을 먹으며 '살아보겠노라' 다짐했던 그날의 고통보다 더하겠는가.

젊음이라는 고통의 터널

『아프니까 청춘이다』라는 책이 베스트셀러가 된 적이 있다. 젊은 날의 고통과 아픔은 미래를 위한 밑거름이므로 참고 견뎌내야 한다는 주제를 담고 있다. 교훈적인 메시지임에 틀림없지만 내 자식의 청춘만큼은 아픔이 없길 바란다. 늘 싱그럽고 화사한 꽃길이길 바란다.

청춘의 아픔은 사랑 또는 진로에 대한 방황 정도로만 끝났으면 한다. 내 아이들뿐 아니라 임직원의 자녀들도 삶의 무게를 오롯이 짊어진 채 아픈 시간을 걷지 않았으면 한다. 그 방법은 부모인 우리가 목표를 이루고 수확의 기쁨을 함께 나누는 것이다.

모든 고통은 지나고 나면 아름다운 추억이 된다. 하지만 시간을 되돌려 그때로 돌아가야 한다면 난색을 표할 것이다. 즉, 고통이 추억이 되려면 과거와 현재의 삶이 달라야 한다. 과거의 고통이 현재까지 이어진다면 이는 삶의 끈을 놓아버리고 싶게 만드는 족쇄일 뿐이다.

나에게 청춘이란 온갖 직업을 전전했던 암울한 시기였다. 건설현장 막노동 인부부터 술집 웨이터, 사우나 때밀이, 냉면집 서빙, 구두닦이 등등 안 해본 일이 없을 정도로 고단한 삶이었다. '아프니까 청춘'이라는 말이 위로가 되지 않을 만큼 치열했고 고통스러웠다.

그러나 일할 수 있다는 것은 고통이 아니라는 사실을 머지않아 뼈저리게 깨닫게 되었다. 하반신 마비가 될지도 모를 상황에 직면했기 때문이다.

사고는 순식간에 벌어졌다. 정신없이 작업에 몰입하고 있을 때 위층에 쌓아놓은 철근더미가 무너져 내리면서 나를 덮쳤다. 고통을 느낄 사이도 없이 기절했고 정신을 차리고 보니 병원이었다. 허리에는 두꺼운 깁스가 둘러 있고 온몸은 움직일 수 없을 정도로 부어올라 있었다. 서서히 마취가 풀리자 뼈 마디마디가 부서지는 것처럼 극심한 통증이 밀려왔다. 천만다행으로 손가락과 발가락이 움직였다. 신경을 다친 것은 아니었다. 무너지는 쪽으로 한 발자국만 더 가까이 있었다면 철근더미에 깔려 목숨을 잃었을지도 모르는 아찔한 순간이었다. 불과 두 뼘 남짓한 간격 덕분에 죽음이 아닌 삶의 공간에 있게 된 것이다. 문득 스스로 삶을 포기하고 목숨을 버리려고 했던 때가 떠올랐다. 죽을 고비를 넘기고 난 뒤에야 삶의 가치를 깨닫게 된 것이다.

삶과 죽음은 인간이 결정할 수 있는 일이 아니다. 인간이 할 수 있는 일은 주어진 삶에 최선을 다하는 것뿐이다. 나의 의지와 무관하게 죽음의 문턱까지 갔다 온 뒤로 살아 있다는 것이 얼마나 큰 축복인지 알게 되었다.

그래도 삶은 계속된다

1993년 병원에서 퇴원한 뒤 새로운 길을 찾기로 결심했다. 여전히 영세민 임대아파트 신세를 벗어나지 못했지만 아버지도 일하기 시작하셔서 숨 돌릴 여유가 약간 생겼다. 따라서 대학을 목표로 공부를 시작했다. 물론 대학에 합격한다고 해서 다른 대학생들처럼 편하게 공부할 수 있는 처지는 아니었다. 하지만 가슴 뛰는 인생을 살려면 더 많은 공부를 할 필요가 있다고 생각했다. 야간대학에 입학한다면 직업과 학업을 병행할 수도 있다. 도전도 하지 않고 포기하는 것만큼 어리석은 일도 없다.

입시학원에 등록하고 약 1년간 입시준비에 나섰다. 공부도 때가 있다고 했던가, 나름 열심히 책과 씨름했지만 성과는 크게 나타나지 않았다. 공부에 집중하기에는 집안 사정도 녹록지 않았다. 한계에 부딪히고만 것이다. 욕심 같아서는 1년만 더 공부에 집중할 수 있으면 좋으련만 현실적으로 불가능한 일이었다.

수능시험에서 기대했던 것만큼은 아니지만 몇몇 대학에 합격할 수 있는 점수를 얻었다. 그러나 나는 대학에 입학하는 대신 다시 현장으로 나갔다. 아버지는 알코올중독 상태에 이르렀고, 동생들도 점점 삐뚤어지고 있었기 때문이다. 내가 가장으로서 중심을 잡지 않는다면, 아버지와 두 동생을 잃어버릴 것만 같았다.

만일 다시 그때로 돌아간다면 나는 어떤 선택을 하게 될까? 예나 지금이나 나에게 가장 소중한 존재는 가족이므로 같은 선택을 할 것이다. 현실에 순응하며 살지는 않지만 그렇다고 주어진 상황을 거스르며 살아오지도 않았다. 가난한 현실을 인정하고 받아들이되 그 속에서 조금씩 성장하고 올바른 가치관을 정립하며 살아왔다.

꼭 대학이 아니더라도 주어진 문제를 하나씩 해결해나간다면 머지않아 반드시 좋은 기회가 올 것이라 믿었다. 강물처럼 도도히 흐르는 삶을 거스르기보다는 그 물결에 몸을 맡기되 스스로 삶의 방향타를 놓지 않는 것이 중요하다고 생각했다.

무엇을 선택하느냐가 중요한 것이 아니라 결과적으로 옳은 선택이 될 수 있도록 최선을 다하는 것이 중요하다는 사실을 머리가 아닌 가슴으로 깨달았다.

당초 입사 탈락자였던 내가 불과 일 년도 되지 않아 회사 전체를 총괄하는 상황이 된 것은
내 실력을 보란 듯이 증명하고 싶다는 욕심, 사장님께 잘 보여서 월급이 올랐으면 하는 바
람에 앞서 어떤 일이든 한 번 시작하면 끝까지 파고드는 성격과 태도에서 비롯되었다.

일할 때
가장 행복한 사람

탈락을
합격으로 바꾼 배짱

도전하지 않고 포기했다면 미련이 남겠지만, 도전하고 원하는 결과를 얻은 뒤에 가지 않은 길에는 미련이 덜 남는다. 대학 대신 삶의 현장으로 나가겠다고 결정하자 그간 마음을 어지럽히던 근심걱정도 사라졌다. 오히려 홀가분한 마음까지 들었다. 다만 앞으로는 일당에 연연하지 말고 고교 시절 전공을 살려 제대로 된 회사에 입사하기로 결심했다.

이력서와 자기소개서를 작성하고 구인공고를 꼼꼼하게 살폈다. 그러던 중 청계천 기계 상가에 위치한 회사에서 사람을 구한다는 소식을 들었다. 나는 무작정 이력서와 자기소개서를 들고 찾아갔다. 예상대로 각종 기계를 취급하는 소규모 업체였지만 크고 작은 기계들은 내 호기심을 자극하기에 충분했다. 익숙한 기계들이 오랜만에 만난 친구처럼 반가웠기 때문이다. 취직이 되면 최선을 다해 기계 전문가가 되겠다고 다짐했지만 하루 이틀, 사흘 나흘이 지나도 어찌된 일인지 연락이 오지 않았다.

닷새째 되던 날 기다리다 못해 내가 먼저 전화를 걸었다.

"입사를 희망해 서류접수를 했습니다. 결과가 궁금합니다."

사장님은 느닷없는 질문이 황당하다는 눈치였다. 침묵을 이어가더니 이윽고 헛기침을 한 뒤 다음 날 회사로 나와보라고 말했다. 다음 날 회사를 찾아가자 사장님은 나를 위아래로 훑어보았다.

"이미 사원모집이 끝났어요. 대체적으로 연락이 가지 않으면 서류심사에서 떨어진 겁니다."

그동안 공사현장만 다닌 탓에 일반적인 취업과정을 몰랐다. 그렇다면 사장님은 나를 왜 부른 것일까? 전화로 떨어졌다고 말하면 그만일 텐데. 필시 나에게 한 번 더 기회를 주려는 것은 아닐까, 갑자기 그런 생각이 들었다.

"제가 탈락한 이유가 무엇입니까? 말씀해주시면 보완하겠습니다."

사장님은 한참을 껄껄 웃더니 나를 바라보며 말했다.

"좋습니다. 합격입니다, 내일부터 출근하세요."

나는 그렇게 첫 직장을 얻었다. 그때가 1994년이었다. 사무실을 나서면서 보니 신입으로 채용된 듯한 남자 사원 두 명의 모습이 보였다.

출근 첫날부터 회사는 바쁘게 돌아갔다. 규모가 작아서 체계적으로 업무를 가르쳐주는 사람은 없었기에 직접 부딪히면서 업무를 파악해야 했다. 자기 일은 스스로 찾아서 해야 했던 것이다. 나는 주어진 업무 이외의 업무까지 파악하고자 노력했다. 취급하는 제품의 특징과 가격 및 재원을 익히고 거래처에서 문의가 들어오면 간단한 응대를 할 수 있을 정도로 실력을 쌓았다.

그 무렵 우리나라 경제는 호황기를 누리고 있었다. 청계천 일대에는 기계를 취급하는 크고 작은 회사가 밀집해 있었고, 저마다 분주하게 움직이고 있었다. 따라서 우리 회사도 두 명을 뽑을 계획이었으나 열정적이고 자신감 넘치는 청년에게 다시금 기회를 준 것이다.

우리의 주 업무는 영업이었다. 영업직은 대부분 외부에서 활동하지만 나는 외부로 나가는 대신 주로 회사 안에서 업무를 처리하는 데 주력했다.

사실 영업을 핑계로 외근을 나간다면 업무가 훨씬 수월해질 수 있다. 아침에 출근 도장을 찍고 외근을 나가면 사장의 눈치를 볼 일도 없고 잔소리하는 사람도 없기 때문이다. 휴대폰도 없던 시대였으니 업체 몇 곳을 방문한 뒤에는 개인적으로 시간을 보내도 간섭할 사람이 없었다.

체질적으로 나는 남을 속이고 기만하는 일을 싫어했을 뿐 아니라 일을 맡았으면 관련 업무를 중심으로 회사 전반의 시스템을 확실히 파악하고 숙지해야 직성이 풀리는 성미였다. 따라서 편한 길 대신 치열한 길을 선택했다.

입사 후 몇 달이 지나자 회사 업무에 대해서는 사장님 못지않은 전문가가 되어 있었다. 제품의 매입부터 재고관리, 거래처별 제품관리 등을 줄줄이 꿰고 거래처와 가격 협상까지 도맡아 할 정도가 되었다. 그사이 나보다 먼저 입사했던 두 사람은 퇴사하고, 경리 여직원을 제외하곤 내가 회사 전체의 업무를 관장하게 되었다. 조금 더 시간이 지나자 단골 거래업체에서 사장님 대신 나를 찾는 일이 많아졌다. 심지어 사장님도 나에게 업무를 물어볼 정도였다.

당초 입사 탈락자였던 내가 불과 일 년도 되지 않아 회사 전체를 총괄하는 상황이 된 것은 내 실력을 보란 듯이 증명하고 싶다는 욕심, 사장님께 잘 보여서 월급이 올랐으면 하는 바람에 앞서 어떤 일이든 한번 시작하면 끝까지 파고드는 성격과 태도에서 비롯되었다. 매사에 주인정신을 갖고 최선을 다하는 것, 이것이 바로 내가 가진 가장 큰 장점이자 성공을 향해 나아가도록 도와준 열쇠인 것이다.

그러던 어느 날 사장님이 조용히 나를 불렀다. 무리하게 사업을 늘려나가는 과정에서 자금 회전에 문제가 생겼고 월급도 지연되고 있는 상황이었다.

"아무래도 회사가 부도가 날 것 같아. 월급이 석 달째 밀렸는데도 불평하지 않고 변함없이 최선을 다해줘서 고맙네. 내 어떻게든 자네 월급만큼은 반드시 챙길 수 있도록 노력하겠네."

사장님의 얼굴 위로 수심이 가득했다. 결국 밀린 월급을 받지는 못했지만 어려운 사정을 말씀해주셔서 고마웠다. 나를 믿고 있다는 뜻이자 신의를 다하겠다는 약속이었기 때문이다. 나를 믿어준 사장님에 대한 보답으로, 회사가 문을 닫는 날까지 자리에 앉아 내가 할 수 있는 모든 일을 도맡아 처리했다.

사장님의 잠적과 함께 부도 소식이 알려지자 외상으로 제품을 공급했던 업체들이 매일매일 찾아와 난리를 쳤다. 그간 쌓아온 신뢰관계가 있는데 모른 척한다는 것은 신의를 저버리는 일이라 생각하며 끝까지 자리에 남아 그간의 사정을 전하고 양해를 구했다. 머리끝까지 화가 났던 거래처 사장들은 월급도 받지 못한 상황에서 성심을 다하는 나를 보며 화를 가라앉히곤 했다.

그만큼 회사에 대한 애착이 컸고, 내 일을 사랑했다. 비록 오래 근무하지는 못했지만 주인정신이 무엇인지 배웠고, 책임감과 열정이라는 단어의 뜻도 가슴 깊이 새겼다.

새로운 둥지 그리고 변화

1995년 첫 직장을 정리하고 새로 입사한 곳은 10여 년간 몸담은 K 인터내셔널이었다. 이곳은 기계 관련 무역 및 유통을 하는 회사다. 앞서 말했던 첫 직장의 거래처이기도 했다. 부도난 회사를 정리하는 과정을 눈여겨보았던 사장님이 함께 일해보자고 제안한 것이다. 나로서는 의외의 제안이었다. 부도가 났으니 필시 K인터내셔널도 물품대금을 떼이는 등 손해를 보았을 텐데, 나를 스카우트한 배경이 무엇일까? 아니 저의가 무엇일까?

그러나 취직이 시급했던 나는 이런저런 고민을 뒤로하고 제안을 받아들였다. 나중에 들은 바에 따르면 처음부터 나를 눈여겨보았다고 한다. 일하는 태도와 방식이 그분의 마음에 들었던 것이다. 내 안에 깃든 주인정신을 보았던 것이라 생각한다.

실제로 나는 단 한 번도 직원의 마인드로 단순히 시키는 일만 처리하지 않았다. 그 모습이 마음에 들었던 까닭에, 출근하던 첫날 사장님은 "돈을 잃어버린 대신 자네를 얻게 되었네"라며 함께 일하게 된 것을 기뻐했다.

물론 새로운 회사 역시 규모가 크지 않았지만 그것이 무슨 상관이겠는가. 무한한 성장가능성이 있다는 뜻이니 내가 해야 할 일이 더 많을 것이라 믿었다. 다시금 주인정신을 갖고 최선을 다해 회사를 성장시키겠다고 결심했다.

K인터내셔널은 독일, 일본 등지에서 기계를 수입해 국내 제조업체에 공급하는 일에 주력했으며 업무 대부분을 사장님이 직접 하셨다. 무역이라는 새로운 분야에 도전할 수 있어서 즐거웠다. 몇 달 지나지 않아 나의 업무 영역은 전방위적으로 확대되었다. 영업과 관리업무는 물론 개발업무까지 맡아 능력을 발휘했다. 뜨거운 열정과 젊은 혈기를 오로지 일에 쏟아부었다.

타고난 호기심은 새로운 기계를 접하면 밤을 새워서라도 마스터하도록 부추겼다. 또 뭐든 나 스스로 해내야 한다는 책임감은 적당히 일하고 월급을 받는 존재가 아니라 나 자신이 회사의 주인이라는 생각을 갖게 해주었다.

그 시절을 돌이켜보면 진심으로 일을 좋아했던 것 같다. 일에 몰두할 때면 잠을 못 자도 즐거웠고 밥을 거를지라도 행복했기 때문이다.

청춘을 쏟아부은 10년

K인터내셔널의 영업실적은 매우 빠른 속도로 상승궤도에 접어들었다. 내가 흘린 땀방울이 사세 확장과 성장 동력 확보로 이어졌다는 사실에 자부심을 느꼈다. 1995년에 입사해 2004년까지 근무했으니, 인생에 있어서 가장 황금기와도 같았던 청춘을 보낸 것이다. 급여가 많고 복지가 좋았던 것은 아니지만 그 회사는 훗날 내 인생을 설계하고 실천하는 데 중요한 밑거름이 되었다.

첫 직장에서와 마찬가지로 나에게 맡겨진 일뿐 아니라 사장님의 일까지 나서서 해결했다. 기술적인 업무는 물론 관리업무까지도 맡아보며 전천후 역할을 한 것이다. 새로운 도전은 내 가슴을 뛰게 만들었고, 크고 작은 성공은 성취감이 무엇인지 가르쳐주었다.

기계를 수입해 국내 업체에 공급하려면 해당 기계의 전문가가 되어야 한다. 사소한 부품의 성능을 비롯해 작동 기술까지 알아야 한다는 뜻이다. 따라서 기계를 납품하는 것에 그치지 않고 끝까지 책임을 졌다. A/S 문의가 들어오면 한걸음에 달려가 해결했던 것이다. 결과적으로 타 업체와 다른 우리 회사만의 경쟁력이 생겼다.

그 과정에서 제조업에 도전해도 성공할 수 있으리란 자신감이 생겼다. 고객이 원하는 기능을 첨가해 각각의 업체를 위한 맞춤 기계를 생산한다면 거래처별로 상이한 요구를 충족시켜줄 수 있다. 이는 회사가 도약할 수 있는 절호의 기회였다.

"업무에 따라 필요한 기계가 조금씩 다릅니다. 거래처에서 필요로 하는 기능을 넣어 새로운 기계를 생산해보고 싶습니다. 자체적으로 기술을 축적하다 보면 훨씬 부가가치가 높은 기술개발도 가능해집니다."

가까스로 사장님을 설득해 제조업에 도전했고, 결과는 내가 예상했던 그대로였다. 처음 시도한 제품이 성공하자 다른 거래처에서도 기계 개발에 대한 요청이 들어왔다. 회사의 주력사업이 유통업에서 제조업으로 확장되는 계기가 되었다.

나는 지금도 K인터내셔널에서 일했던 시기를 매우 소중한 기억으로 간직하고 있다. 무엇이든 열정적으로 몰입하면 성공할 수 있다는 사실을 몸으로 체험한 시기였기 때문이다.

채울 수 없는 결핍

새로운 기술을 개발하고 제품으로 만드는 과정에서 많은 보람과 긍지를 갖게 되었지만 동시에 한계도 느꼈다. 더 수준 높은 기술을 개발하려면 더욱 전문적인 지식이 필요했기 때문이다. 그래서 2000년을 앞두고 미뤄두었던 대학에 도전하기로 결심했다. 낮에는 일하고 밤에는 공부하며 입시를 준비한 끝에 서울산업대학교(현 서울과학기술대학교)에 합격했다.

업무와 연관성이 높고 현장에서 응용할 수 있는 기술이 많을 것이라 생각하니 미리부터 가슴이 설레고 두근거렸다. 다행히 야간대학에 입학한다는 조건으로 사장님께 허락도 받았으니, 지금보다 더 알찬 하루를 보내야겠다고 다짐했다.

그런데 청천벽력과도 같은 일이 벌어졌다. 사장님께서 손바닥 뒤집듯 약속을 어긴 것이다. 야간대학일지라도 학업에 전념하다 보면 업무에 소홀해질 수밖에 없다는 것이 이유였다. 말로는 표현할 수 없을 만큼 화가 나고 서운했다. 지금까지 최선을 다해왔던 시간들이 허무하게 느껴질 정도였다.

훗날 사장님이 약속을 뒤집은 진짜 이유를 알게 된 뒤, 기가 막혀 헛웃음만 나왔다. 당시 회사 직원 중에 사장님의 가족이 있었는데, 그도 나와 같은 대학에 원서를 접수했었다. 나는 합격하고 그는 탈락해서, 서운한 마음에 나까지 학교에 못 가게 했던 것이다. 간절히 바라던 꿈이 좌절되고 나자 뜨거웠던 열정은 차갑게 식고 의욕도 연기처럼 사라졌다.

가끔 나는 이런 가정을 해본다. 당시 내가 일과 삶에 있어 조금 덜 열정적이었다면 어떻게 되었을까? 회사에 더 오래 있었을지도 모른다. 좌절을 맛볼 필요도 없고, 깊은 슬픔을 느낄 이유도 없었을 테니까. 나의 뜨거운 열정은 사장님의 독선과 이상한 계산법 때문에 번번이 물거품이 되어 결국 회사를 떠날 수밖에 없었지만 그 시간이 있었기에 나는 성장할 수 있었다. 도전의 기쁨을 알았고 더 나은 삶을 갈망하게 되었기 때문이다.

치열한 시간을 살아온 사람으로서 말하건대 최선을 다해 노력하면 반드시 성공에 이른다. 그러나 그 시간은 매우 더디게 올 뿐 아니라 숱한 좌절과 실패를 동반한다. 작은 성공에 취해 자만할 필요도 없고 작은 실패에 좌절할 이유도 없다. 뜨거운 열정을 가슴에 품고 더 나은 삶을 위해 끊임없이 도전하는 것이 지금 우리가 할 수 있는 최선의 선택인 것이다.

시야를 넓혀준
새로운 경험

2004년 11월, 나는 10여 년간 근무했던 K인터내셔널을 떠나 새로운 업체로 자리를 옮겼다. 짧지 않은 시간을 보낸 회사다 보니 아쉬움도 있었지만 최선을 다한 터라 미련도 없었다. 새로 일하게 된 회사는 독일 슬립링 제조사의 국내 판매사였던 T무역이며, 직책은 마케팅 매니저였다.

T무역과 인연이 닿으면서 나의 운명도 본격적으로 변하기 시작했다. T무역에서 근무한 시간은 채 1년도 되지 않았지만 처음으로 슬립링이라는 기계장치와 인연을 맺었기 때문이다.

슬립링이란 제조업 자동화 장치에 필수적인 부품이며, 회전하는 기계장치에 전선의 꼬임 없이 전류를 원활하게 공급해주는 역할을 한다. 단순하게는 놀이공원에서 흔히 볼 수 있는 접시 모양의 회전체부터 최첨단 반도체 생산에 필요한 설비까지 다양하게 활용되는 부품이다. 독일은 그 분야에서 세계 최고의 기술을 가지고 있었다. 따라서 국내에서는 슬립링의 대부분을 독일에서 수입하는 상황이었다. 국산화가 이루어지지 않았다는 뜻이다.

나는 매니저로서 한국과 독일 그리고 국내 굴지의 기업들을 오가며 영업과 기술서비스를 제공하는 업무를 담당했다. 독일어를 배운 적은 없지만 짧은 영어로 독일 본사 사람들과 소통하는 데는 무리가 없었다. 기계와 기술에 대해 이야기할 때는 말보다는 기계를 직접 보면서 스스로 이해하는 것이 훨씬 중요하기 때문이다.

그 덕분에 나는 T무역은 물론 독일 본사 사람들에게도 인정을 받았다. 새로운 슬립링 제품이 나오면 본사 연구진들도 미처 생각하지 못했던 요소를 찾아 개선사항을 건의하거나 더 나은 대안을 제시하기도 했다. 한국과 독일에서 줄기차게 나를 찾았으니, 휴대폰은 하루 24시간 내내 불이 날 정도로 울렸다. 독일에 있을 때는 국내 협력업체에서 전화가 걸려왔고, 국내에 있을 때는 독일에서 쉴 새 없이 전화가 걸려왔다. 시차가 있다 보니 근무시간은 물론 밤에 자다가도 전화를 받아야 하는 경우가 많았다. 일은 많고 몸은 고됐지만 하루하루 성취감을 느끼며 즐거운 시간을 보냈다.

독일의 첨단 기술자들과 인연을 맺었고 국내 많은 기업과도 인연을 쌓아나갔다. 또 슬립링의 매력도 알게 되었다. 개인적으로는 대학 진학의 꿈도 이루었다. 한국폴리텍대학 컴퓨터응용기계공학과에 입학해 첨단 기계설계 등을 배울 수 있었던 것이다. T무역에서 쌓은 지식과 경험은 향후 사업을 하는 데 큰 도움이 되었다.

그랜저를 팔 수 있는데
왜 티코를 팔려고 해?

T무역에서 한계를 느끼게 된 원인도 일에 대한 열정이 과한 탓이었다. 유통을 넘어 자체 기술로 제품을 개발하고 싶다는 열망이 생겼던 것이다. 10여 년간 맞춤 기계를 제조해온 경험이 있어 슬립링을 개발할 자신이 있었다. 누가 시키지도 않았지만 혼자서 기술개발에 들어갔다.

마침내 독일산 슬립링 완제품과 비교해서 성능 면에서 크게 뒤지지 않는 제품을 완성하는 데 성공했다. 가격은 독일산 제품에 비해 1/10 수준이었다. 원가는 대폭 낮아진 반면 성능은 비슷했으니, 장기적으로 볼 때 국내는 물론 수출로 해외시장까지 석권할 수 있으리라 확신했다. 마진율도 매우 높았다. 독일산 제품의 경우 대략 1,000만 원이며 회사 마진은 최고 10%, 즉 100만 원 내외다. 그에 반해 자체 개발한 신제품은 100만 원이라는 파격적인 가격에도 불구하고 마진율이 80%, 즉 80만 원에 육박하는 수준이었다.

나는 독일산 슬립링 제품을 사용하던 기존 업체에 우리 회사에서 자체 개발한 제품을 공급했다. 새로운 판로를 개척한 것이니 스스로가 대견스러울 정도였다. 그러나 결과를 보고받은 대표님의 얼굴은 순식간에 일그러졌다.

"왜 비싼 그랜저를 팔 수 있는데 싸구려 티코를 팔았느냐"는 것이었다. 당장의 이익만을 본다면 대표님의 말이 옳을 수도 있다. 그러나 그랜저를 1대 팔 때 티코는 100대를 팔 수 있다. 수익으로 봤을 때 티코를 판매했을 때 이익이 훨씬 높다. 구태여 계산기를 두드려보지 않아도 충분히 나올 수 있는 답이었다.

대표님의 계산법은 이랬다. 슬립링을 각각 1대씩 판다는 전제에서 독일산을 팔 때 이익이 훨씬 높다는 것이다. 왜 한 치 앞만 보는 것일까? 뛰어난 성능, 합리적인 가격이 충족된다면 거래처와 지속적으로 협력 관계를 맺게 된다. 경영은 반드시 중장기적인 안목을 갖고 접근해야 하는데, 무척 아쉬웠다.

집으로 돌아와 곰곰이 생각해봐도 내 판단이 틀린 것 같지 않았다.

"그 회사는 당신의 가치를 잘 모르는 것 같아. 당신은 자기 사업을 해야 돼. 미래를 내다볼 수 있고 매사에 진취적이니까."

아내가 위로의 말을 건넸다. 아내의 말을 들으며 사업을 하는 내 모습을 그려보았다. 행복한 일일 테지만, 사업을 하려면 자금이 있어야 한다. 신용불량자인 내가, 집도 절도 없는 내가 사업이라니. 긴 한숨을 내쉬며 이직을 결심했다.

흙 속의 진주

T무역을 퇴사하고 지금의 슬립링코리아를 창업하기 직전까지 근무했던 회사는 M산업이었다. 입사할 당시만 해도 사업을 하겠다는 생각은 하지 못했다. 대신, 하고 싶은 연구개발을 마음껏 할 수 있다면 평생을 월급쟁이로 살아도 좋다고 생각했다. 그 무렵 업계에서는 이미 나에 대한 긍정적인 소문이 퍼져 있었다. 따라서 M산업 대표님도 나에게 기술개발을 할 수 있는 기회를 주겠다고 약속했다. 나는 기술연구소장이라는 직함을 받고 기술개발에 모든 역량을 쏟았다.

입사 후 첫해는 눈코 뜰 새 없이 바쁘게 지나갔다. 그사이 아버지는 병환이 깊어져 돌아가시고 말았다. 많은 분이 찾아와 조의를 표하고 위로해주셨다. 그 덕분에 아버지를 좋은 곳으로 모실 수 있었다. 힘들 때 찾아와 위로를 건넸던 모든 분께 지금도 깊이 감사드린다. 특히 대표님은 장례를 치르는 3일 내내 자리를 지켜주었다. 세상과 이별하시는 아버지를 끝까지 지켜준 것이니, 지금도 그 마음에 깊이 감사드린다.

대표님은 장례가 끝날 때까지 누님을 비롯한 나의 가족과 지인들에게 입에 침이 마르도록 내 칭찬을 했다. 술기운도 있었겠지만 대표님의 말씀은 거의 다 진심이었다. 나를 '흙 속에 숨겨진 진주'라 말하며, 나 때문에 회사가 성장할 것이란 기대에 부풀어 있었기 때문이다. 대표님의 인정과 격려는 내게 동기부여를 일으켰고, 때로는 부담감으로 다가와 막중한 책임감을 느끼도록 해주었다. 그곳에서도 회사의 일은 모두 내 몫이 되었다. 거래처에서도 대표님보다는 나를 찾는 경우가 더 많았다.

그 즈음 나는 회사의 장기적인 발전과 성장을 위한 새로운 구상을 하기 시작했다. 대표님 역시 기술집약 기업으로 자리매김한다면 지속 가능한 성장 동력을 확보할 수 있다는 점에서는 나와 의견이 같았다. 따라서 사업계획을 수립하고 대표님의 동의를 구했다. 회사의 상황을 고려했을 때 충분히 투자가 가능하다고 판단했는데, 대표님의 생각은 달랐다. 그렇다고 내가 직접 사업을 할 형편도 안 됐으니 나름 새로운 대책을 찾고자 백방으로 수소문하기 시작했다.

결론적으로 국가에서 지원하는 기술개발 지원사업에 참여했다. 합격하면 비용을 투자받을 수 있기 때문이다. 당시 중소기업청이나 과학기술부 등에서는 중소기업의 기술개발을 촉진하고자 다양한 지원사업을 진행하고 있었다. 특히 중소기업청에서 지원하는 사업공모에 선정될 경우 기술신용보증기금 등의 기관에서 적게는 몇천만 원에서 수억 원에 이르는 개발자금을 지원받을 수 있었다. 기술개발을 위한 지원금이므로 기술개발에 성공할 경우 일부 금액을 갚아야 하지만 실패하더라도 상환의무는 없었다. 단, 자금을 기술개발 이외의 목적으로 전용하는 것은 불법이었다.

나는 국가지원금을 받아 기술개발을 하겠다는 계획안을 만들고 다시 대표님과 마주 앉았다. 대표님도 선뜻 받아들였다. 회사의 돈이 투자되는 것이 아니었으니 반대할 이유가 없었다. 문제는 임가공에 주력하던 회사에서 신기술 개발 역량이 있겠냐는 것이었다. 국가지원자금이란 신청한다고 해서 되는 것이 아니라 전문가들의 엄격한 심사를 통과해야 한다. 오랜 기간 기술력을 쌓아온 기업들도 자금지원을 받기 쉽지 않은 까닭이다.

그럼에도 불구하고 나는 자신이 있었다. 그동안 쌓은 경험 덕분에 웬만한 전문가들보다 기계에 관한 지식이 풍부했고 작동원리도 정확히 이해하고 있었다. 따라서 기존의 기계가 안고 있던 문제점을 해결할 수 있다면 충분히 승산이 있다고 믿었다. 아는 만큼 보인다고 했던가. 기계에 대한 전문지식이 부족했던 대표님은 결국 나에게 모든 일을 일임했고, 그 즉시 나는 기술개발 업무에 모든 역량을 집중했다.

정부 지원사업에 선정되려면 우선 기술이 독창적이어야 한다. 실현 가능성도 있어야 한다. 아울러 보유한 기술이 경쟁사의 기술보다 우위에 있다는 점을 명확히 밝히고, 현장 적용 시 장점을 구체적으로 설명해야 한다. 이론뿐 아니라 실무에서도 완벽한 기술구현이 가능할 때 선정될 수 있다는 뜻이다.

정부 지원사업의 심사위원들은 대부분 대학 교수이거나 관련 업종에서 오랜 경험을 쌓아온 전문가들이다. 심사에서 좋은 평가를 받으려면 이론과 실무를 동시에 아우를 수 있는 기술보고서를 만들어야 한다. 따라서 밤을 지새우며 이론적인 연구를 하고 낮에는 거래처와 현장을 찾아다니며 신기술 적용 가능성을 검토했다.

그리고 8개월 뒤 그간의 노력이 1억 원이라는 결실로 이어졌다. 중소기업청에서 지원하는 기술지원자금을 받게 된 것이다. 기술개발을 위해 1억 원을 투자한다면, 일 년 뒤에 회사는 비약적으로 발전할 수 있을 것이다. 그동안 시도해보고 싶었던 연구개발 프로세스가 머릿속에 가득 그려졌다. 그러나 계획은 시도도 하지 못하고 수포로 돌아갔다. 대표님이 기술개발비를 투자가 아닌 개인적인 용도로 사용하겠다는 뜻을 밝힌 것이다.

밤을 새워 연구하고 보고서를 작성한 뒤 어렵게 정부 지원자금을 받아낸 나로서는 허탈한 마음이 들 수밖에 없었다. 연구에 필요한 기본적인 계측기기를 구입해야 한다는 요구도 일언지하에 거절당했다. 불법을 저지르고 있으면서도 부끄러운 기색조차 없었다.

나는 기술개발 자금의 전부는 아니더라도 일정 부분만큼은 본래의 취지에 맞게 사용하자고 거듭 요청했다. 장기적인 안목으로 봤을 때, 그래야 회사가 발전할 수 있기 때문이다.

선장이 잘못된 길로 방향타를 돌리면 선원 전체가 침몰할 위기에 빠진다. 기업을 경영하려면 먼저 경영자로서 자질을 갖춰야 한다. 먼 미래를 내다보고 전략을 수립하는 능력까지는 없더라도 정도경영은 기본적으로 지켜야 한다. 직원을 진심으로 아끼고 독려하는 마음도 기본이다. 직원을 동반자로 생각하지 않고 이윤창출의 수단으로 생각한다면, 직원 역시 회사를 함께 성장해나갈 터전이 아니라 적당히 일하고 월급만 받는 곳, 즉 생계 수단으로 여긴다.

황금알을 낳는 거위의 배를 가른
어리석은 농부

정부자금 지원업체로 선정된 이후 나는 연구소장 직을 맡아 계속 연구활동에 전념하게 되었다. 비록 지원자금이 연구활동에 투자되지는 않았지만 기술개발을 멈출 수는 없었다. 마음이 혼란할수록 연구에 집중해 흔들리는 마음을 다잡으려 했던 것이다.

그 덕분에 입사 3년 차가 될 무렵 중소기업청, 기술신용보증기금 등 정부에서 지원하는 각종 사업에서 자금 지원을 여러 차례 받는 데 성공했다. 매번 기술지원 프로젝트를 기획하고 진행할 때마다 내 머릿속에서는 여러 가지 아이디어가 용솟음쳤다. 눈을 뜨는 순간부터 잠드는 시간까지 늘 기술개발과 관련된 생각만 가득했다고 해도 과언이 아니었다. 심지어 집에 돌아와 잘 때조차 꿈속에서 신기술의 메커니즘을 분석하고 설계도를 그릴 정도였다.

슬립링코리아를 설립하기 이전부터 이미 꿈속에서 보았던 아이디어에서 힌트를 얻어 기술개발에 성공했기 때문이다.

그 즈음 나는 전 직원 사이에서 아이디어 뱅크로 불렸다. 뭐든지 나에게 물어보면 새로운 해법이 나왔다. 소문은 입에서 입을 통해 회사 밖으로 퍼졌고, 거래처에서도 기술적인 문제가 발생하면 나에게 자문을 요청했다. 그럼에도 불구하고 당시 내가 받던 연봉은 월 200만 원꼴인 2,400만 원이었다. 하는 일에 비하면 현저하게 낮은 보수였다.

대표님도 민망했던지 다음 해부터 연봉을 3,000만 원으로 인상해주겠다고 약속했다. 그러나 약속은 차일피일 미뤄졌다. 때마침 대표님은 외부에서 임원 한 명을 영입해왔다. 내가 입사할 때만 해도 1인 기업 수준에 불과하던 회사가 실적 향상으로 인해 직원이 늘고 규모가 커졌기 때문이다. 그는 대표님을 대신해 경영 전반을 총괄했고 인사까지 담당했다. 어느 기업에서나 대표를 뛰어넘는 넘버2였는데 갑작스럽게 임원을 모시는 것이 썩 유쾌하지는 않았지만, 그 덕에 기술개발에 전념할 수 있다면 나쁜 일도 아니라 여겼다.

그러나 나의 예상은 빗나가고 말았다. 그 임원이 나의 연봉 인상을 승인하지 않았던 것이다. 대표님의 뜻을 그가 대신 전달한 것인지도 모른다. 회사가 어려울 때는 '흙 속의 진주'라며 극찬하더니, 성장 궤도에 오르자 도리어 날개를 꺾으려 하다니.

설상가상으로 그런 상황에서도 나에게 끊임없이 새로운 아이디어를 요구했다. 마치 내가 아이디어를 숨기고 있는 것처럼 말이다.

"아이디어가 있으면 꽁꽁 숨기지 말고 다 풀어놔 봐."

처음에는 부탁이었지만 어느 순간 요구가 되고 명령이 되었다. 대표님의 모습이 마치 탐욕에 눈이 멀어 황금알을 낳는 거위의 배를 가른 어리석은 농부처럼 보였다. 결국 나는 혼신의 노력을 다했던 M산업을 떠나기로 결심했다.

당시에는 하늘이 나를 벌하는 것만 같았다. 최선을 다해도 언제나 나는 토사구팽 신세가 되고 말았기 때문이다. 불행이 내 뒤를 따라다녔던 것인지 인복이 없었던 것인지 알 길은 없으나 최선을 다했던 회사에서 번번이 상처만 받았으니, 세상이 한없이 원망스러웠다.

그러나 이제는 그 모든 인연에 진심으로 고개 숙여 감사한다. 그들이 나를 이윤창출의 수단으로 여기지 않았다면 나는 분명 그곳에 뿌리를 내리고 할 수 있는 최선을 다했을 것이다. 슬립링코리아에서 이룬 모든 성과가 그들 가운데 한 사람의 몫이 되었을 수도 있다는 뜻이다. 하늘은 결코 나를 벌하려 했던 것이 아니었다.

상처받고 좌절했던 그 시간은 더 큰 세상으로 나가기 위한 준비 과정이었다. 참다운 경영자의 모습을 가르쳐주기 위한 인고의 시간이었다. 경영자로서 올바른 자세를 배웠고 전략을 수립하는 노하우를 습득했으니, 슬립링코리아는 국내를 넘어 글로벌 무대를 향해 힘차게 나아갈 것이다.

미소가
아름다운 여인

단아하고
부드러운 미소를 지닌 여인

20여 년이 훌쩍 지났지만 지금도 아내와의 첫 만남을 떠올리면 작은 떨림이 전해져온다. 처음의 설렘이 어렴풋이 되살아나는 것이다. 아내의 첫인상은 단아하고 선했다. 대화를 나누면서 내 이야기에 귀 기울여주고 웃어주는 모습이 친근하게 다가왔다. 얼마 지나지 않아 미소가 참 아름답다고 느꼈다. 첫눈에 반한 것이다.

사실 아내를 만나기 전까지 나는 연애에 관심이 없었다. 핑크빛 로맨스를 꿈꾸기에는 삶이 너무 팍팍했기 때문이다. 그렇다고 해서 외로움을 느끼지 않았던 것은 아니다. 어려서부터 부모님과 함께 사는 친구들이 늘 부러웠으니 사랑하는 아내, 귀여운 아이들과 단란한 가정을 꾸리고 싶었다. 남들에게는 평범한 일상이 나에게는 오르지 못할 나무라고 생각하며 애써 외면하고 살아왔던 것이다.

그랬던 나에게 아내는 우연처럼 다가와 운명이 되었다. 변변한 전

세도 얻을 수 없을 만큼 가난했던 나에게 말이다. 앞으로의 계획을 물으며 앞날을 계산하지도 않았다. 자기 자신보다는 항상 옆에 있는 사람의 행복을 더 중요시했으니, 이제 와 생각하면 아내도 나 못지않게 바보스러운 여인이다.

아내를 처음 만난 곳은 고모님 댁이었다.

"오빠. 오늘 엄마 생신인 거 잊어버리지 않았지? 저녁에 가족들 모두 모여서 식사할 계획이니까 꼭 참석해야 돼."

통상적으로 어른들 생신에는 온 가족이 모여 함께 식사를 해왔지만, 그날따라 사촌동생이 유난스럽게 전화를 했다. 그저 고모님이 많이 외로워하신다고 생각했지 깜짝 소개팅이 준비되어 있으리라고는 상상도 하지 못했다.

아내 역시 마찬가지였다. 친구의 어머니가 당신의 생일에 초대한 것으로만 알고 있었다고 한다. 그렇게 우리는 고모와 사촌 여동생의 계획에 따라 운명처럼 만나게 되었다.

훗날 고모는 아내를 오랫동안 지켜보면서 조카며느리로 점찍어놓으셨다고 한다. 심성이 곱고 웃는 얼굴이 밝아서였다. 여성스럽고 단아하지만 심지가 굳건한 점도 좋았다고 하신다. 아내에게는 미안한 얘기지만 가난한 집에 시집와도 슬기롭게 어려움을 헤쳐나갈 수 있을 것 같았단다. 아내를 배려하지 않은 남자 쪽 집안 어른의 욕심이지만, 그 덕분에 아내와 백년해로를 하게 되었으니 고모의 욕심에 감사드린다.

이러한 이유로 그날의 주인공은 본의 아니게 나와 아내가 되었다. 그 자리에 모인 친척들 모두 나와 아내를 이어주기 위해 나름대로 최선을 다했던 것이다. 대화의 중심이 우리였고 첫 만남이었지만 어색하거나 불편하지 않았다. 우리 둘 다 친척들의 속내를 전혀 눈치채지 못했기 때문이다. 혹여 우리가 부담스러워할까봐 각별히 신경을 써준 결과였다.

만일 우리가 소개팅이라는 사실을 알았다면 어떻게 되었을까? 아마도 짧은 시간 동안 그토록 속 깊은 이야기를 나누지는 못했을 테다. 아내는 친구의 오빠였던 나를 진짜 오빠처럼 편하게 생각했고, 나 역시 친동생처럼 여기며 허물없이 속내를 털어놓았기 때문이다. 한편으로는 격식을 갖춘 맞선 자리였다 해도 금세 친해졌을 것 같기도 하다. 아내의 가장 큰 매력이자 장점은 상대의 이야기에 귀 기울이며 공감하는 태도다. 그래서 대화를 나누다 보면 실타래처럼 뒤엉켜 있던 문제들이 풀린다.

그로부터 20여 년 세월이 흘렀다. 첫 만남의 설렘이 아직도 생생한데 20여 년이 흘렀다니, 세월이란 정말 유수와 같다. 내 바람은 10년 뒤, 20년 뒤에도 지금처럼 아내와 마주 앉아 옛 추억을 떠올리며 '우리의 만남은 운명이었다'고 말하는 것이다. 그러려면 지금보다 더 서로를 이해하고 공감하려고 노력해야 한다. 말하지 않아도 아는 것이 부부라지만, 때론 말하지 않아서 모를 때도 있을 테니까.

동양에는 겁(劫)이라는 시간 개념이 있는데 사전적 의미는 천지가 한 번 개벽하고 다음 개벽이 시작될 때까지다. 불교에서는 하루 길을 동행하려면 2,000겁이라는 시간이 필요하고, 하룻밤 함께 묵으려면 3,000겁이라는 시간이 필요하다고 했다. 그러니 부부의 연으로 평생을 함께한다는 것은 헤아릴 수 없이 긴 시간을 지나 다시 또 만나게 되었다는 뜻이다.

귀하고 귀한 인연이므로 서로가 서로를 아끼고 사랑하며 감사하는 마음을 가져야 하는 것이다.

첫 만남에서
함께한 하룻밤

화기애애한 분위기가 시간 가는 줄 모르고 이어지다 보니 어느새 자정이 넘어가고 있었다. 아내는 그날 고모 집에서 자고 간다고 했으니, 슬슬 나 혼자 일어날 준비를 했다.

그 순간 고모의 입에서 뜻밖의 이야기가 흘러나왔다.

"시간이 벌써 이렇게 됐네. 잔치를 했더니 오늘은 너무 피곤해서 안 되겠다. 오늘은 성숙이도 집에 가서 자고, 다음에 오려무나."

아내가 어쩔 줄 모르는 표정을 짓고 있는 사이에 고모는 나를 향해 입을 열었다.

"재영아! 밤이 늦었으니 네가 바래다줘라."

"그렇게 하면 되겠네. 오빠가 집까지 잘 데려다줘."

사촌동생도 맞장구를 쳤다. 이는 고모와 사촌동생의 두 번째 작전이었다. 그대로 헤어지면 서로 연락을 하지 않을 것이라 여겨 심야 데

이트를 준비해놓았던 것이다. 조카를 생각하는 고모의 깊은 사랑이지만 아내 입장에서는 당황스러운 일이었음에 틀림없었다. 그날 아내는 집에 들어갈 수 없는 사정이 있었기 때문이다.

그 무렵 아내는 고향에서 올라와 오빠와 함께 살고 있었다. 그러던 중, 오빠가 결혼을 하게 되면서 부득이하게 신혼부부 집에 얹혀사는 시누이가 되고 말았다. 오빠 내외와 사이가 좋았지만, 아내는 그 사실이 괜스레 미안했다고 한다. 워낙에 착한 사람이었으니, 혼자서 그런 생각을 했던 모양이다.

친구 집에서 잔다는 핑계로 오빠와 새언니가 오붓한 시간을 보내길 바랐는데 자정이 넘어 들어가야 했으니 마음이 영 편치 않았던 것이다. 그 사실을 몰랐던 나는 조금 전까지 웃고 떠들던 모습과 달리 얼굴에 수심이 가득한 아내를 보며 마음이 불편해졌다. 혹시 나와 단둘이 좁은 차 안에 있는 것이 불편한 것일까? 내 머릿속에도 온갖 추측이 난무했다. 두 사람 모두 각자의 고민에 잠겨 있었던 터라, 대화가 끊긴 차 안의 공기는 무겁고 냉랭했다.

"혹시 제가 무슨 실례라도 했나요?"

나는 조심스럽게 아내에게 물었다. 아내는 잠시 머뭇거린 뒤, 집에 들어갈 수 없는 사정을 조심스럽게 털어놓았다. 기억을 더듬어보니 고모의 말씀이 끝나기가 무섭게 아내의 얼굴이 어두워졌었다. 속으로 얼마나 놀랐을까 생각하니, 안쓰럽기도 하고 귀엽기도 했다. 사촌동생한테 "안 된다"고 얘기할 수도 있었으련만.

사실 아내는 예나 지금이나 무던한 구석이 많다. 그렇지 않았다면 아픈 시아버지와 치매에 걸린 시할머니를 지극정성으로 돌봐드리며 임종을 지킬 수 있었겠는가. 바쁘다는 핑계로 집안일에 소홀했던 남편을 대신해 자식 셋을 지금처럼 잘 키워낼 수 있었겠는가.

놀란 눈으로 어찌해야 할지 모르는 아내가 귀엽게 느껴졌으니, 즐거운 마음으로 한강 둔치로 갔다. 함께 더 많은 이야기를 나눌 수 있다고 생각하자 괜스레 가슴이 설레기도 했다.

그래서일까. 가슴속 깊은 곳에 꾹꾹 눌러 담아두었던 이야기들이 술술 나왔다. 태엽을 감아놓은 오르골에서 음악이 흘러나오듯, 여명이 밝아올 때까지 나 혼자만의 대화는 멈출 줄을 몰랐다. 동시에 내 마음에 드리워졌던 어두운 그림자도 서서히 옅어졌다. 아내는 그렇게 소리 없이 다가와 내 삶의 전부가 되었다.

아내 입장에서 보자면 나는 참 이상한 사내다. 친구의 사촌오빠라해도 처음 만난 여인에게 넋두리를 털어놓고 있으니, 어찌 이상하지 않았겠는가. 필시 함께 있는 시간이 어색하고 힘들었을지도 모른다. 아마도 이러한 연유로 아내는 동녘에 빛이 스며들 때까지 이렇다 할 대답을 하지 않았을까. 자신의 이야기를 들려주지도 않았다.

훗날 아내가 말하길 나의 사정을 이미 친구에게 들어서 알고 있었다고 한다.

사촌동생은 "우리 오빠 정말 안됐어"라고 말한 뒤 "우리 오빠 한번 만나볼래?"라고 묻곤 했다고 한다. 그럴 때마다 아내는 친구가 야속했다고 한다. 고생길이 뻔한데, 제일 친한 친구가 그 길로 자신의 등을 떠미는 것처럼 느껴졌기 때문이다. 하마터면 나 때문에 두 사람의 우정에

금이 갈 뻔했던 것이다.

그 남자와 첫 만남에서 하룻밤을 지새웠으니, 인연이란 참으로 묘하다. 부부의 인연으로 이어질 운명이었던 것인지, 처음 만나서 하룻밤을 같이 보내는데도 낯설기보다는 편안했다. 그 덕분에 지독하게 가난했던 어린 시절을 옛날이야기 하듯 들려줄 수 있었던 것이다. 그 시간이 고통스럽게 느껴지지도 않았다.

실제로 우리를 버리고 간 어머니를 기억할 때, 알코올중독자인 아버지를 떠올릴 때는 언제나 깊은 슬픔이 밀려왔었다. 머리를 흔들어 생각을 떨쳐버리고 싶을 정도였는데, 그날은 하나도 슬프지가 않았다. 왠지 아내가 내 슬픔에 공감해주고 있다는 생각마저 들어 든든하기까지 했다. 아마도 이것이 부부의 연으로 이어진 사람들만이 느낄 수 있는 감정일 테다.

그렇게 우리는 첫 만남에서 하룻밤을 함께 보냈다. 우리의 첫날밤은 마치 알퐁스 도데의 〈별〉처럼 순수했다. 양치기 소년이 스테파네트 아가씨에게 어깨를 빌려주었듯, 나 역시 아내와 조금 멀리 떨어진 곳에 앉아 이야기를 나누었다.

이른 새벽 나는 아내를 집에 데려다주고 일터로 나갔다. 밤사이 한숨도 자지 못한 탓에 지치고 피곤했지만 이상하리만치 기분이 좋았다. 마치 두 발이 공중에 붕 떠 있는 것만 같았다. 계속해서 아내의 모습이 떠올라 도무지 일에 집중할 수가 없었다. 시간이 어떻게 흘렀는지도 모르게 하루가 지나갔다.

늦은 밤 자리에 누워서 어제의 일들을 하나씩 천천히 곱씹어보았다. 모든 것이 거짓말처럼 느껴졌다. 사촌동생의 친구와 하룻밤을 함께 보낸 것도 신기했고, 마음속에 켜켜이 쌓아두었던 슬픔을 모두 이야기 한 것도 신기했다. 평소의 나였다면 절대로 할 수 없는 일들이었기 때문이다.

　나는 천성적으로 솔직해서 과장하는 법을 모르고 거짓말도 하지 않는다. 모든 것을 있는 그대로 이야기하지만 가족에 대해서만큼은 말을 아끼는 것이 사실이다. 아버지가 알코올중독자인 것은 맞지만 구태여 아버지의 치부를 드러낼 필요는 없기 때문이다. 어머니 역시 마찬가지다. 한 번도 만나지 않았고 앞으로도 영원히 볼 수 없다면, 우리 형제들에게 어머니는 죽은 사람과 다르지 않다. 돌아가셨다고 말하면 되지, 구구절절 가슴 아픈 사연을 이야기할 필요는 없다고 생각했다. 이러한 연유로 나는 부모님에 대해서만큼은 에둘러 말하는 편이다. 오랜 지기들한테도 마음속 깊은 곳에 자리한 상처를 드러내지 않던 내가 처음 만난 생면부지의 여인에게 나의 모든 것을 보여주었으니 어찌 신기하지 않겠는가.

자네 혹시 홀아비 아냐?

나는 지금도 사람의 마음을 얻는 최고의 무기는 '진실함'이라고 생각한다. 화려한 겉모습과 현란한 말솜씨로 상대를 유혹한다 해도 그 안에 진실함이 없으면 그 사랑은 오래가지 않는다. 부족하고 투박할지라도 서로가 서로에게 솔직할 때 그 사랑은 시간의 흐름 속에서 견고해진다고 믿는다.

내가 만일 아내를 유혹하고 싶은 마음에 과장되게 말했다면 아내는 내게 마음의 문을 열지 않았을 것이다. 아내 역시 나처럼 솔직하고 담백한 사람이기 때문이다. 오히려 가난을 부끄러워하지 않고 솔직하게 말하는 모습이 인상적이었다고 한다. 아버지를 섬긴다는 것은 어른을 공경한다는 뜻이니 장모님께 잘할 테고, 형제들을 살뜰히 아끼니 아내와 자식들에게는 얼마나 자상할까 생각했다는 것이다.

부부의 인연이 되려고 콩깍지가 쓰인 게다. 그 덕분에 아내는 내 마음을 받아주었다. 가진 것 없이 부양해야 할 가족만 한 트럭인 고달픈 운명을 가진 남자의 사랑을.

총알이 빗발치고 삶과 죽음이 교차하는 전쟁터에서도 사랑은 이루어진다고 했던가. 가난하고 외로웠던 내게도 거짓말처럼 사랑이 찾아왔다. 여느 청춘남녀처럼 핑크빛 사랑에 취하자 암흑뿐이라고 믿었던 어두컴컴한 세상 속으로 한 줄기 빛이 스며들어왔다. 그 빛은 희망이었고 행복이었다. 함께 만들어갈 내일은 어제와 달리 눈부시게 빛날 것이라는 확신이 들었다.

이렇듯 청춘남녀의 사랑은 불가능을 가능으로 바꾸지만 동시에 한없이 무모하다. 그 무모함이 불가능을 가능으로 만드는 열쇠지만, 현실의 벽은 언제나 생각했던 것보다 훨씬 높고 견고하다. 함께하고 싶은 마음이 간절할수록 결혼은 우리에게 사치라는 결론에 다다랐기 때문이다. 우리 가족의 전 재산은 아홉 평 남짓한 임대아파트가 전부였다. 그 좁은 집에서 아버지와 나 그리고 두 동생이 함께 살고 있었다. 설상가상으로 아버지는 늘 술에 취해 비틀거렸다. 신혼집을 마련할 형편도 안 되거니와 가족과 함께 살 처지는 더더욱 안 됐으니, 우리의 결혼 또한 기약할 수 없었던 것이다.

하지만 인간의 마음은 한없이 이기적이다. 아내가 겪게 될 시련이 불 보듯 뻔히 보이는데도 아내가 나를 위해, 우리 가족을 위해 집으로 들어와주었으면 하는 바람이 생겼다.

아내가 옆에 있어준다면 하루를 웃으며 시작하고 지친 몸을 이끌고 집에 들어왔을 때 또 한 번 행복을 만끽할 수 있을 것만 같았다. 그러나 그 마음을 아내에게 전할 수는 없었다. 아니 전해서는 안 된다고 생각했지만, 이심전심이라고 했던가. 속 깊은 아내는 내 마음을 헤아리고 있었다. 어려서 아버지를 여의고 늘 아버지가 그리웠다며, 함께 아버지를 모시고 살자고 제안한 것이다.

홀시아버지는 멀쩡해도 모시기 어려운데, 우리 아버지는 알코올중독 아닌가. 단 하루도 술에 취해 있지 않은 날이 없었다. 고래고래 소리를 지르기도 하셨고 기분이 좋은 날은 신명 나게 노래를 흥얼거리기도 하셨다. 아들인 내 눈에는 그 모습이 가엾고 애잔하지만 며느리가 과연 이해할 수 있을까 걱정이 앞섰다. 한편으로는 늙고 연로하신 아버지에게 따뜻한 진지를 차려드릴 수 있다는 생각에 마냥 좋기도 했다. 동시에 이 모든 것이 나의 욕심이라는 생각도 들었다.

고민 끝에 나는 힘들고 어려워도 한번 부딪혀보자는 결론에 다다랐다. 비록 가진 것 없고 미래도 불확실하지만 사랑하는 여인은 지킬 수 있으리라. 부족한 것은 열심히 살아가면서 하나씩 채워나가면 된다. 지금보다 더 열심히 살면 된다고 믿으며, 아내에게 정식으로 프러포즈를 했다.

몇 달 후 아내와 나는 나란히 손을 잡고 전남 녹동항 여객선터미널에서 연안여객선에 올랐다. 목적지는 고흥군 도양읍 시산도. 그곳은 아내의 고향이자 미래의 장모님이 계신 곳이다. 배 위에서 바라본 시산도는 너무나 평화롭고 아름다운 섬이었다. 아내가 태어나 어린 시절을 보낸 곳이라 생각하니 더 정겹게 느껴졌다. 선착장에 도착해 한 걸음 한 걸음 나아가다 보니 마치 고향에 온 것처럼 따뜻함이 전해져왔다. 내가 걷는 이 길을 일곱 살 꼬마였던 아내, 열일곱 수줍은 소녀 시절의 아내도 걸었으리라 생각하니 더없이 반가웠던 것이다.

아내도 그리웠던 엄마를 만난다는 기쁨에 두 뺨이 발그스름하게 상기돼 있었다. 집 앞에는 장모님과 처형이 나와 기다리고 있었다. 결혼 승낙을 받으려고 찾아온 자리였던 만큼 가슴이 쿵쾅거렸다. 여러모로 부족한 게 너무 많았으니 탐탁지 않게 여기실까봐 잔뜩 주눅이 들었던 것이다.

아내가 나를 향해 밝게 웃어주었다. 어깨를 활짝 펴고 당당히 있어도 된다고 말해주는 것만 같았다. 아내의 미소 덕분에 조금이나마 용기가 생겼다.

집으로 들어가자마자 어머님께 큰절을 올렸다.

앞서 서울에 살고 있는 처남들에게 먼저 인사드리고 허락을 받은 터라, 장모님을 찾아뵐 용기를 낸 것이다. 물론 처남들도 처음에는 나를 탐탁지 않아 했지만 머지않아 '괜찮은 사람'이라고 인정해주었다. 처남들이 든든한 지원군이 되어주겠다고 약속했지만 어찌된 영문인지 어머님의 표정은 차갑기만 했다. 막내딸을 고생시키지는 않을까 요리조리 살펴보셨기 때문이다. 처형의 눈초리도 매섭기는 마찬가지였다. 이마에서 식은땀이 흘렀다.

"혹시 자네 홀아비 아닌가?"

어머니가 꺼내신 첫 마디는 나를 낙담시키기에 충분했다. 내 비록 조각처럼 잘생긴 미남은 아니지만, 나이를 가늠하지 못할 동안도 아니지만 홀아비라니.

사실 말은 이렇게 하지만 당시 내 모습은 홀아비라 해도 과언이 아니었다. 고된 노동 탓에 표준체형에 비하면 상당히 마른 편에 속했다. 얼굴에도 살이 없었으니 날카로운 인상을 풍겼다. 어머니의 손길을 느껴본 적 없었으니 홀아비처럼 푸석푸석했을 것이다.

"홀아비처럼 보이지? 그래서 빨리 결혼하려고."

아내가 장난기 가득한 목소리로 위기에 처한 나를 구해주었다.

첫 만남에서 어머니가 나를 탐탁지 않아 하신 것은 사실이다. 그러나 그 마음은 오래가지 않았다. 머지않아 당신의 아들들처럼, 아니 그 이상으로 나를 사랑해주셨기 때문이다.

이제는 내가 찾아뵐 때마다 "내 편 왔다"라고 말씀하신다. 훗날 성냥갑처럼 답답한 아파트가 싫다고 하셔서 우리 집과 이웃한 곳에 아담하고 예쁜 단독주택을 장만해드렸다. 함께 살면 더 좋으련만, 혹여 자식 내외에게 짐이 될까 싶어 극구 사양하신다.

처형은 예나 지금이나 만날 때마다 기분이 좋아진다. 성격이 활발하고 유쾌해서 함께 있으면 절로 신이 나는 것이다. 당시에도 어찌나 술을 권하던지, 연거푸 일곱 잔을 마셔서 세상이 빙글빙글 돌고 정신이 하나도 없었다. 평소 술을 입에도 안 대던 내가 연거푸 마셔댔으니 말이다. 그럴수록 실수하면 안 된다는 생각이 들었다. 자세를 흐트러뜨리지 않으려고 정신이 들도록 몸을 똑바로 세웠다.

차분하고 조용한 아내와 달리 활달하고 장난기 많은 처형 때문에 정말이지 그날은 죽다 살아났다고 해도 과장이 아니다. 지금도 처가 식구들과 모이면 그 시절을 떠올리며 웃음꽃을 피운다. 처형 덕에 인생에서 가장 소중한 순간이 밝은 미소로 채워졌으니 고마울 따름이다.

1997년 5월 25일, 드디어 아내와 나는 지인들의 축복 속에 결혼식을 올리고 신혼살림을 꾸렸다.

사랑의 근원은 믿음

어느덧 세월이 지나 아내와 함께 가정을 꾸리고 살아온 지 20년이 넘었다. 직장생활을 그만두고 슬립링코리아를 창업한 것이 2007년이며, 사업이 안정궤도에 들어선 것은 그로부터 2년여가 흐른 뒤부터다. 바꿔 말하면 아내가 10여 년이 넘는 긴 세월 동안 아이들을 키우며 어려운 살림을 이어왔다는 뜻이다. 그사이 시아버지 간병과 치매에 걸린 시할머니 수발까지 도맡았으니 몸과 마음이 얼마나 지쳤을까?

나 또한 자상하고 따뜻한 남편은 아니었다. 회사 일에 매달리느라 아내가 힘들어한다는 사실을 알면서도 꼼꼼하게 챙겨주거나 세심하게 보듬어주지 못했다. 그런데도 서운하다는 내색 한번 하지 않고 바깥일에 집중할 수 있도록 배려해주었으니, 지난날 회사에서 능력을 발휘할 수 있었던 것은 전적으로 아내의 내조 덕분이었다.

슬립링코리아를 창업한 뒤에도 나는 아내 덕에 전적으로 일에만 집중할 수 있었다. 그 사실을 누구보다 잘 알고 있는 나이기에 진심으로 감사한다. 더불어 남편으로서 최선을 다하겠노라 다짐하고 또 다짐한다. 아내가 아니었다면 그 힘든 시간을 버틸 수 없었을 테니까. 오늘의 성공에 이를 수 없었을 테니까.

그렇다고 하여 우리 부부에게 다툼이 없다는 뜻은 아니다. 사람이 살아가는 데 어찌 크고 작은 오해와 다툼이 없겠는가. 사소한 일에 감정이 상하기도 하고, 괜스레 투정을 부리며 사랑을 확인하려고도 한다. 그럴 때면 우리가 함께한 세월을 증명하듯 건강하게 자라주는 세 아이를 보며, 지난 시간을 기억 속에서 꺼내어본다. 힘들고 어려웠던 시절을 견디고 이겨낼 수 있었던 것은 서로가 있었기 때문임을 재확인하는 것이다. 아내에게는 내가 있었고, 나에게는 아내가 있었다. 그 사실을 기억해내면 오해는 이해가 되고 미움은 다시 사랑으로 변한다.

다만 사람의 감정이란 시시때때로 변할 수 있다는 사실을 명심해야 한다. 서로를 위해 양보하고 희생하면서 사랑이 견고해졌듯 앞으로도 그리해야 한다는 뜻이다. 어쩌면 지난날보다 더 큰 노력이 필요할지도 모른다. 당시는 사랑밖에 모르던 청춘이었지만 지금은 말과 행동에 책임을 져야 하는 중년이다. 할 일도 많고 책임질 사람도 훨씬 많아졌다. 슬립링코리아의 임직원과 그들의 가족도 생각해야 하기 때문이다.

사랑은 마음이 시키는 것인데 왜 노력을 해야 하느냐고 반문할지도 모른다. 만일 그렇게 생각한다면 사랑의 진정한 의미를 모르는 것이다. 성숙한 사랑은 그립고 보고 싶은 마음이 아니라 함께 같은 곳을 바라보기 위해 노력하고 상대의 속도에 걸음을 맞추는 배려이자 깊은 믿음이기 때문이다. 중년을 넘어 노년이 되어서도 아내와 그렇게 서로를 배려하고 신뢰하며 살아가고 싶다. 아무리 가까운 사이일지라도 예의를 다하고 존중하면서 말이다. 그동안 아내가 나에게 보여주었던 깊은 사랑을 가슴 깊이 느끼고 있으니 충분히 가능한 일이라고 믿는다.

사랑과 믿음으로 함께한 세월을 말해주듯 세 아이 또한 건강하고 성실하게 성장해주었다. 아이들을 생각하면 기특하면서도 애잔하다. IMF 여파로 회사에서 급여를 절반으로 줄이는 바람에 갓 태어난 아이에게 분유를 배불리 먹이지 못했던 시절도 있었다. 덩달아 아내의 눈에도 눈물이 마르지 않았다. 다행히도 첫째 호균이는 힘들고 어려웠던 시절을 밝고 즐거운 추억으로 기억하고 있다. 힘들지 않았다는 뜻이지만 그래도 넉넉하게 키우지 못했던 것이 못내 가슴에 남는다. 지금은 아버지를 닮고 싶다며 기계공학과에 입학하고 어엿한 대한민국 예비 장교인 ROTC로 성장했으니 대견스럽다. 지난날 내가 꿈꿨던 일들을 하나씩 이루고 있는 아들 덕에 가슴속에 남아 있던 지난날의 상처 또한 치유되고 있음을 느낀다.

둘째 다솜이는 딸이라서 그런지 눈에 넣어도 아프지 않을 만큼 사랑스럽다. 딸은 엄마 편이라더니 어려서부터 줄곧 엄마 껌딱지라 해도 과언이 아니다. 사춘기 소녀답게 사소한 말썽도 부리지만 그 모습마저 귀엽고 사랑스럽다.

막내 호연이는 우리 가족에게 행운을 가져다준 보물 같은 아이다. 슬립링코리아를 설립하던 시기에 태어났기에 복덩이라 부른다. 창업 직후 여러 가지로 두려웠지만, 막내의 재롱을 보며 용기를 냈고 새로운 희망을 꿈꿨다. 지금도 막내 호연이의 장난 덕에 우리 집에는 웃음이 끊이지 않는다. 세 아이 모두 하늘이 내려준 귀한 보물이다.

　자식 자랑을 하면 팔불출이라지만 그래도 나의 소중한 보물들을 떠올리면 마냥 행복해진다. 아내에게도 낯간지럽지만 지면을 빌려 감사의 마음을 전하고 싶다.

당신은 그 자리에 있어만 주오
내가 다가갈 테니

호사다마라고 했던가. 밝고 좋은 일 뒤에는 늘 어두운 그늘이 있게 마련인가보다. 사업이 성장에 성장을 거듭하는 동안 아내는 마음의 병을 얻게 되었다. 경제적으로 어려움을 겪을 때는 느끼지 못했던 무료함과 우울증이 생긴 것이다. 아내는 자의식과 독립심이 강한 전형적인 외유내강형이다. 그 덕분에 서로에게 의지하며 어려움을 극복해나갈 수 있었다.

그러나 회사가 성장하면서 내 의논 상대는 아내가 아닌 임직원들로 바뀌어갔다. 가정보다는 늘 일이 우선이었다. 솔직히 말하면 회사가 성장하는 모습을 지켜보는 기쁨은 태어나서 느껴본 적 없는 최고의 행복이었다. 심리학자 매슬로(A. H. Maslow)의 이론대로 자아성찰의 욕구는 인간이 느낄 수 있는 최고의 행복이었다. 아내가 외로워하고 있다는 사실조차 알아차릴 수 없도록 말이다.

솔직히 말하면 아내에게 무관심했다는 뜻이다. 더 솔직히 말하면 그 전에도 나는 아내에게 무관심했다. 사랑한다고 말하면서도 아내의 희생을 당연하게 여겼던 것이다. 아버지 병간호를 할 때도, 치매에 걸린 친할머니 수발을 들 때도 아내가 느낄 깊은 슬픔을 헤아리지 못했다. 아내의 우울감은 지금보다 훨씬 오래전부터 이미 조금씩 자라고 있었던 것이다. 다만 가족에 대한 사랑과 책임감으로 자각조차 하지 못한 것뿐이다.

'경제적으로 풍요로워졌는데 왜 우울하냐'고 따져 묻는 것은 어리석은 질문이다. 자기 자신보다 가족을 더 사랑했던 여인에게 이제는 '자신의 삶을 사랑해야 한다'고 말하는 것 또한 무책임한 행동이다. 이는 아내의 희생 덕에 우리가 누렸던 편안함을 망각하는 것과 다르지 않기 때문이다.

가족의 행복을 위해 열심히 살아왔다고 자부했는데 아니었다. 가족을 위한 사랑 못지않게 나 자신의 성장을 바라는 마음이 컸었다. 그 사실을 깨닫고 나자 아내에게 한없이 미안해졌다. 아내 역시 한 남자의 아내, 세 아이의 어머니가 아니라 본인의 삶에서 멋지게 비상하길 바라고 있었을 텐데.

"당신은 그 자리에 있어만 줘요. 이제는 내가 그대의 걸음에 속도를 맞출게요."

나는 진심을 담아 아내에게 마음을 표현했다.

"나는 제자리에 있는데 당신은 점점 앞서나가니 언젠가는 내 시야에서 완전히 벗어나버릴 것만 같아요. 당신이 먼 곳으로 떠날지도 모른다는 터무니없는 생각을 하는 거죠. 바보 같은 생각을 하고 있다는 사실에 또 화가 나요."

아내가 화를 내거나 눈물을 흘리면 두 팔 벌려 안아주려고 했는데, 너무나 담담하게 말하고 있어 가슴이 철렁 내려앉았다. 아내의 시야에서 내가 벗어났듯이 내 시야에서도 아내가 서서히 사라져가고 있었던 것이다. 그 사실조차 모르고 있었으니, 바보는 나였다.

이래서 인생을 생사고(生死苦)라 부르는가보다. 태어나는 것도 고(苦)요, 늙고 병들어 눈감는 것도 고(苦)이니, 늘 긴장을 놓아서는 안 된다. 한 고비를 넘기면 예상하지 못했던 또 다른 고비가 오기 때문이다. 세상을 다 가졌다고 착각해서도 안 되고, 남의 불행에 무관심해서도 안 된다.

가난했던 시절 우리 부부의 바람은 작아도 좋으니 내 집 한 칸을 마련하는 것이었다. 내 집이 생기자 이제는 서로의 마음이 멀어지고 있음을 느끼며 외로워하고 있다. 어쩌면 우리가 너무도 힘든 시간을 견디어온 탓일지도 모른다. 깊숙한 곳에 상처가 있는데, 이를 치료하지 않고 덮어두었으니 어느 순간부터 조금씩 상처가 벌어져 통증이 밀려온 것일 테다. 해결방법은 단 하나, 옛날보다 더 서로를 믿고 신뢰하며 사랑하는 것이다. 나는 아내를 이해하고 아내는 나를 이해하면서. 시야에서 서로의 모습이 사라지지 않도록 말이다.

명예와 권력을 얻고 경제적으로 풍요로워졌을 때 우리는 성공이라 말한다. 그러나 진정한 성공은 자신의 삶에 만족하는 것이다. 부족한 것을 하나씩 채워가는 기쁨을 알고 곁에 있는 사람에게 감사할 줄 안다면 이미 충분히 성공한 사람이다.

7

행운은
스스로 만드는 것

경험의 보물창고,
13개월의 방황 시기

나 자신이 특별하다고는 생각하지 않지만 그래도 나에게 남다른 경
쟁력이 있다면 그 절반은 젊은 시절 방황의 시기를 보내며 얻은 것이다.
1987년 고등학교를 졸업하고 군에 입대할 때까지 13개월은 나에게 소
중한 자양분이 되어주었다. 인생의 경험을 쌓겠다는 거창한 포부가 있
었던 것은 아니다. 그저 집에서 벗어나 멀리 가고 싶다는 생각뿐이었다.

철없는 마음에 처음으로 문을 두드린 곳은 광부 모집이었다. 탄광
에서 석탄을 캐는 일은 힘들고 위험한 만큼 보수가 많다는 이야기를 들
었기 때문이다. 하지만 광부가 되기 위해서는 군대를 다녀와야 한다는
조건이 있었으니 애석하게도 뜻을 접어야 했다. 원양어선 역시 군필자
에 한해서만 자격이 주어졌다. 스무 살이 넘으면 누구나 성인이 되는
줄 알았는데 남자로서 군복무를 마치지 않으면 제약이 많다는 것을 절
실히 배웠다. 결국 할 수 있는 일은 정식 직업이 아니라 아르바이트 같

은 임시 직종뿐이었다.

　친구와 함께 찾아간 곳은 냉면집이었다. 일은 어렵지 않았다. 한창 바쁜 점심시간을 제외하면 비교적 한가한 편이었다. 그 시간 동안 나는 청소를 도맡아 했다. 친구를 비롯해 또래 아르바이트생들은 눈치껏 요령을 부렸지만 나는 구석구석을 찾아 걸레로 닦고 찌든 때를 벗겨냈다. 사장님은 그 모습이 기특했는지 급여 외에 돈을 조금씩 더 쥐어주곤 하셨다.

　이후 회갑이나 돌잔치를 전문으로 하는 뷔페식당에서 일할 때도 마찬가지였다. 사장님께 늘 보너스를 받으며 귀여움을 독차지했다. 어디를 가든 상황은 다르지 않았다. 스탠드바와 나이트클럽에서 손님을 불러 모으는 이른바 '삐끼' 일을 할 때도 가장 빨리 정식 웨이터가 되었다. 얼마 지나지 않아 손님들에게 팁을 가장 많이 받는 웨이터로 등극하기도 했다.

　이런 일이 계속 반복되자 친구가 술자리에서 불만을 토로했다.

　"같은 일을 하는데 왜 늘 너만 특별대우를 받는 거야."

　"글쎄. 잘 모르겠네."

　처음에는 대수롭지 않게 모른다고 대답했지만 곰곰이 생각해보자 곧 이유를 알았다. 일을 대하는 태도와 관점 차이였다. 친구가 가장 중시했던 것은 '편안함'이었다. 사장님이 안 계시면 적당히 요령을 피웠고 시키는 일 이외에는 관심조차 두지 않았다. 그런 반면에 나는 늘 내가 주인이라는 생각으로 일했다. 따라서 시키지 않아도 스스로 일을 찾아서 했다.

슬립링코리아를 설립하고 경영자가 되고 보니 그 작은 차이가 매우 중요하다는 것을 절실히 느끼게 된다. 아무리 작은 역할이라도 자신이 맡은 일에 애착을 가지고 의미를 부여한다면 또 다른 기회가 생긴다. 반대로 자신의 일을 하찮게 여기면 의욕과 자신감이 사라질 뿐 아니라 지겹고 귀찮아진다.

그 시절 사회 밑바닥을 전전하며 다양한 일을 했지만 한 번도 내가 하는 일이 하찮다고 여기지 않았다. 비록 멋진 일은 아니었지만, 그 덕분에 우리 가족이 배불리 먹을 수 있으니 그 사실에 감사했다. 그 과정에서 주인의식이 저절로 생겼다.

룸살롱 웨이터로 일할 때 흔히 '조폭'이라고 불리는 사람들을 만날 기회가 많았다. 그들이 종종 나에게 함께 일할 생각이 없는지 묻곤 했었다. 나의 대답은 한결같이 "괜찮습니다"였다. 법을 어기고 질서를 위해 하는 범죄조직이라는 점도 있었지만, 강자 앞에서 철저히 복종하고 약자에게는 군림하는 문화가 체질적으로 싫었다. 자의식이 강했던 것도 있지만 언제 어디서나 주인처럼 살고자 했던 마음이 컸다고 생각한다.

아직 여물지 않은 사회 초년생으로서 좌충우돌하며 겪어낸 그 시절의 경험은 내가 지금까지 살아오는 데 굳건한 토양이 되어주었다. 그러한 연유로 나는 밑바닥 생활의 경험을 자랑스럽게 여기고 있다.

선택에 책임을 지는 삶

성공이란 무엇일까?

명예와 권력을 얻고 경제적으로 풍요로워졌을 때 우리는 성공이라 말한다. 그러나 진정한 성공은 자신의 삶에 만족하는 것이다. 부족한 것을 하나씩 채워가는 기쁨을 알고 곁에 있는 사람에게 감사할 줄 안다면 이미 충분히 성공한 사람이다. 그래서 나 자신을 가리켜 '성공했다'고 자신 있게 말할 수 있다.

앞으로도 '성공적인 인생'이라고 말하려면 끊임없이 노력해야 한다. 수없이 많은 갈림길에서 올바른 선택을 하고 후회를 줄여나가야 하는 것이다. 물론 인생이란 한 치 앞도 모르는 것이기에 지금의 선택이 옳았는지 틀렸는지 모른다. 가지 않은 길까지 헤아릴 수는 없으니 지금의 선택이 최선이었는지 확신할 수도 없다. 다만 오늘 하루가 인생에서 가장 멋진 날이 되도록 노력할 수는 있다. 그 과정에서 가보지 못한 길에 대한 막연한 동경과 때늦은 후회도 줄일 수 있다고 믿는다.

그런 의미에서 나는 선택을 즐긴다. 선택은 도전을 뜻하고 또 다른 기회를 의미하기 때문이다. 선택과 함께 주어지는 막중한 책임감 또한 삶의 활력소로 여긴다.

나와 달리 선택의 기로에 서는 것을 꺼리는 사람들도 있다. 책임지는 것이 싫어서 선택을 타인에게 전가하는 것이다. 사회심리학자 에리히 프롬(Erich Fromm)의 주장처럼 자유를 회피하는 것이 인간의 본성이라면, 과감히 본성을 억누르고 나아가 이겨내야 한다. 그래야 스스로 자신의 삶에 참된 주인이 될 수 있다.

내가 이토록 주인정신을 중시하는 것은 지금의 나를 만든 원동력이 주인정신이라고 믿기 때문이다. 아르바이트를 할 때도 나는 기꺼이 주인처럼 열심히 일했다. 그 덕분에 사장님의 사랑을 독차지하며 빠르게 진급했다. 행운을 스스로 만들어냈던 것이다.

즉, 수많은 선택의 기로에서 '어떻게든 되겠지'라는 안일함, '누군가가 대신 해주겠지'라는 게으름을 떨쳐버려야 한다. 직원을 대할 때 부족한 실력은 이해해도 게으르고 안일한 모습은 호되게 나무라는 것도 이러한 까닭이다. 한 사람에게서 시작된 게으름은 회사의 기강을 무너뜨리고 나아가 회사의 존재를 위협한다. 선택을 미루는 안일함, 책임을 떠넘기는 이기심, 자신의 선택을 후회하며 끝없이 불만을 토로하는 부정적인 마음을 회사가 앞장서서 경계해야 한다.

삶은 여전히 우리에게 여러 갈래 길을 제시한다. 그 길목에서 우리는 갈팡질팡하기도 하고, 두려움에 사로잡혀 앞으로 나아가지 못할 때도 있다. 그럴 때는 고개를 돌려 주위를 바라보자. 분명 자신을 응원해주는 사람들을 만나게 될 것이다. 그들의 따뜻한 격려와 따끔한 질책 안에서 앞으로 나아갈 길이 보인다. 선택 뒤에 찾아올 책임감이 삶의 활력소가 된다는 사실을 알게 되는 것이다. 바꿔 말하면 내가 누군가의 선택을 응원하고 지지해줄 수도 있다. 서로가 서로에게 이러한 사람이 되어준다면 선택이 조금은 쉬워진다. 그리고 뒤돌아보면 행운은 어느 사이엔가 우리의 등 뒤에 와 있을 것이다.

절실함의 힘,
3박 4일간 공부하여 따낸 경매

슬립링코리아를 창업하기 1년 전쯤의 일이다. 경제적인 형편으로 본다면 내 인생에서 가장 어려운 시기였다. 월셋방을 전전하다가 그마저도 감당하지 못해 두 아이를 데리고 조카 집에 얹혀 지냈으니 그 상황이 오죽했겠는가.

조카의 상황도 여의치 않기는 마찬가지였다. 이혼 후 받은 유일한 위자료가 바로 낡은 빌라 한 채였기 때문이다. 이 얼마나 무능하고 무책임한 남편인가. 그 순간에도 남편을 믿는다고 격려해주었으니 아내는 진정 대인배임에 틀림없다.

이러한 이유로 조카와 우리 가족의 불편한 동거는 한동안 이어졌다. 함께 생활하고 얼마 지나지 않아 나는 조카의 집이 머지않아 경매에 넘어갈 것이라 직감했다. 무리한 대출과 그에 따른 이자가 발목을 잡을 것 같았다. 만일 경매에 넘어간다면 우리 가족과 조카 모두 길에 나앉는 신세가 되고 만다. 방법을 강구해야 했다. 지피지기면 백전백승이라 했으니, 경매가 무엇인지부터 알아야 했다.

그 과정에서 나는 경매 진행 시 세입자가 우선변제를 받을 수 있다는 사실을 알았다. 단 확정일자를 받아놓으면 말이다. 불법이라는 것을 알았지만 방도가 없었으니, 조카와 전세계약서를 작성했다. 집이 경매에 넘어가지 않으면 계약서는 한낱 종이에 불과하다고 믿으며 차악의 선택을 한 것이다.

그러나 불길한 예감은 현실이 되고 말았다. 결국 집이 경매에 넘어간 것이다. 낙찰금액은 5,100만 원이었다. 전세계약서 덕분에 그나마 1,600만 원은 손에 쥘 수 있었다. 대출금을 갚지 못한 것은 조카의 잘못이지만 어렵게 마련한 집을 헐값에 내주어야 한다는 현실이 너무 가혹하게만 느껴졌다. 그렇다고 한숨만 쉬고 있기에는 퇴거 날짜까지 기한이 너무도 촉박했다. 두 아이와 아내를 지키려면 무엇이든 해야만 했다.

곰곰이 생각한 끝에 나는 다소 엉뚱한 생각을 떠올렸다.

'경매로 집을 빼앗겼으니 이번에는 경매로 새 집을 장만하자.'

다만 돈이 없어도 너무 없었다. 1,600만 원 가운데 조카 몫으로 1,000만 원을 주면 내가 가질 수 있는 것은 고작해야 600만 원에 불과했다. 600만 원으로는 아무것도 할 수 없으니, 회사에 사정해 퇴직금을 담보로 2,000만 원을 빌렸다.

그날부터 나는 경매 공부에 들어갔다. 책을 구하고 인터넷에서 관련 자료를 찾으며 바늘구멍만 한 가능성이라도 있으면 무조건 찾아나갔다. 사흘 밤낮을 꼬박 잠도 자지 않고 밥도 먹지 않으며 경매 공부에 집중했다. 거리에 나앉게 될지도 모를 위기 상황이었으니 초인적인 힘이 나와 힘든 줄도 몰랐다.

지금 생각해봐도 어디에서 그런 기운이 나왔는지 모르겠다. 더는 내몰릴 곳이 없다는 절박함 때문이었으리라. 여하튼 사흘 밤낮을 몰두하자 부동산에 문외한이던 내가 경매 박사가 되었다. 모든 준비가 끝났으니 본격적으로 우리 가족이 살 집을 찾았다.

법원 경매정보 사이트를 보며 눈에 불을 켜고 물건을 찾았다. 그다음 법무사를 통해 경매를 신청했다. 하지만 적정금액이 아니었는지 첫 도전에서 실패하고 말았다. 그 사이에도 무심한 시간은 계속해서 흘렀고, 집을 비워줘야 하는 날짜는 점점 코앞으로 다가왔다. 두 번째 도전은 법무사의 도움 없이 혼자 하기로 결심했다. 경매로 나온 물건을 살피다 보니 인천 만수동에 25평짜리 다세대주택이 눈에 들어왔다. 4층 건물에서 2층이라 나쁘지 않았다. 나는 곧바로 현장으로 달려가 물건을 확인했다. 방 두 개에 1층 상가 옥상을 야외 테라스로 활용할 수 있다는 점이 인상적이었다. 동행했던 아내도 그 집을 마음에 들어 했다. 테라스 공간에서 아이들이 뛰어노는 모습을 상상했던 것이다. 나는 무슨 일이 있어도 이 집을 반드시 낙찰받겠다고 다짐하고 또 다짐했다.

드디어 경매일, 나는 낙찰가 4,300만 원을 써 냈고 그 집의 새 주인이 되었다. 물론 낙찰 납입금의 절반 이상을 대출로 충당했고, 회사에서 빌린 돈까지 생각한다면 그 집은 거의 빚으로 얻은 것이었다. 그래도 난생처음 내 이름으로 된 집을 갖게 되어 한없이 기뻤다.

뒤이어 해결해야 할 문제가 또 있었다. 경매는 낙찰을 받는 것보다 집에 거주하고 있는 사람들을 퇴거시키는 일이 더 힘들기 때문이다. 퇴거까지 시간이 많이 걸리는 것은 물론 서로 실랑이하는 과정에서 몸싸움이 일어나기도 한다. 우리 역시 빚을 갚지 못해 경매로 집을 날리게 된 처지에 그들의 심정을 모를 리 없었다.

며칠 후 나는 아내와 함께 낙찰받은 만수동 연립주택으로 찾아갔다. 예의를 갖추기 위해 정장을 입고 한 손에는 과일바구니도 들었다. 그곳에는 나보다 연배가 높은 부부가 살고 있었다. 먼저 정중히 인사를 하고 '낙찰받은 사람'이라고 우리를 소개했다. 그들의 표정이 좋을 리 없었다.

"한 달도 좋고 두 달도 좋습니다. 편하실 때 이사하실 수 있도록 충분히 시간을 드릴 테니 너무 서두르지 마시고 천천히 새 거처를 알아보세요. 그때까지 기다리겠습니다."

내 말이 끝나기도 전에 그들의 성난 표정이 서서히 풀어지고 있었다. 나그네의 외투를 벗기는 것은 세찬 바람이 아니라 따사로운 햇볕이었던 것이다.

집으로 돌아오는 길에 아내는 내게 그렇게 말한 연유를 물었다.

"서로 비슷한 처지잖아. 그래도 우리는 새로운 집이 생겼으니까 양보하고 배려하는 게 옳다고 생각했어."

"당신답다. 그래서 내가 좋아하는 거지만."

아내가 빙그레 웃었다. 그들이 집을 비워줄 동안 우리는 모텔에서 지내기로 했다. 힘들겠지만 머지않아 우리 집이 생길 테니 조금 더 참

기로 한 것이다.

며칠 후 집주인에게서 연락이 왔다.

"어차피 우리는 부모님 댁으로 들어갈 예정이었어요. 이 집에 더 있어봤자 달라지는 것도 없으니 바로 나갈게요. 직접 찾아와줘서 고마워요. 가전제품이나 가구들 중에서 필요한 게 있으면 쓰세요."

선의를 베풀면 결국 더 큰 보답이 돌아온다. 모텔에서 생활하지 않아도 된다고 생각하니 절로 어깨가 들썩였다.

지금도 당시의 상황을 떠올리면 긴장감 넘치는 한 편의 영화를 보는 듯하다. 불과 한 달여 사이에 그 많은 일이 일어났다는 것이 믿기지 않을 정도다. 결국 포기하지 않는 사람이 뜻을 이룬다는 사실을 배웠다. 그래서 지금도 절망하는 사람들을 볼 때면 그때의 일들을 떠올리며, 희망을 잃고 절망해서는 안 된다고 이른다. 절실함에서 기적이 일어나기 때문이다. 아울러 급할수록 상대의 마음을 헤아리려고 노력해야 한다.

즉, 위기의 상황에서 막연한 행운을 기다리지 말고 실낱같은 기회라도 스스로 찾아 나서야 한다. 경매에 문외한이었지만 사흘 밤낮을 파고든 결과 길을 찾지 않았던가. 어느 분야든 처음부터 전문가는 없다. 따라서 절실한 마음으로 최선의 노력을 기울이기를 권한다.

그런 의미에서 나에게 운이 좋다고 말하는 사람들에게 이 글을 통해 이야기하고 싶다. 내가 운이 좋았던 것은 사실이지만, 그 운은 전적으로 내가 만들어낸 것이라고 말이다. 이 세상에서 노력도 하지 않았는데 행운이 굴러들어오는 일은 단언컨대 없다.

경매를 공부하지 않았다면, 발품을 팔지 않았다면, 그리고 집주인을 찾아가 배려하지 않았다면 그 모든 일이 한 달 사이에 이루어졌겠는가.

행운은 모든 사람에게 공평하게 주어진다. 그러나 모든 사람이 행운의 주인공이 되는 것은 아니다. 기회는 공평하게 주어지지만 자신의 것으로 받아들이기 위해서는 피나는 노력과 따뜻한 마음이 필요하다는 뜻이다.

아이디어 뱅크,
노력과 훈련의 결실

회사생활을 하는 동안 나는 늘 아이디어 뱅크로 통했다. 동료 직원들은 물론 회사의 대표도 뭔가 새로운 아이템이 필요하거나 기존의 방식에 한계를 느끼면 나에게 조언을 구하곤 했다. 그때마다 나는 적절한 방안을 제시했다. 그러니 나를 일컬어 '흙 속에서 찾은 진주'라며 극찬했던 것이다.

여기서 이상한 일이 일어났다. 내가 아이디어 뱅크로 알려지면서 주변 사람들은 점점 생각을 하지 않으려 하는 기현상이 나타났다. 문제가 발생하면 모두들 당연하다는 듯이 나만 쳐다보며, 자기들 스스로는 문제를 해결하려 들지 않았다. 심지어 나에게 좋은 아이디어를 꽁꽁 숨겨두지 말고 다 꺼내놓으라고 요구하는 황당한 일까지 벌어졌다.

아이디어라는 것이 곳간에 쌓아둔 곡식처럼 필요할 때마다 꺼낼 수 있는 것이 아니거늘, 내가 욕심을 앞세워 아이디어를 숨기고 있다고 오해했던 것이다. 문제가 생기면 상황을 분석하고 해결 방도를 찾기 위해 밤잠을 설쳐가며 책과 씨름했을 때 비로소 해법이 떠오르는 것인데 말이다.

때로는 별다른 노력 없이도 번뜩이는 아이디어가 머릿속에 떠오르기도 한다. 그러나 이 또한 평소 고민하고 연구해온 결과일 뿐 하늘에서 거저 떨어지는 것이 아니다. 그 사실이 너무 안타까웠다. 생각에 생각이 더해져 더 좋은 해법을 도출하려면 여러 사람이 머리를 맞대고 의견을 나눠야 하는데, 한 사람의 반짝이는 아이디어에만 의존했으니 회사가 발전할 수 있었겠는가.

앞에서도 서술한 바 있듯이 황금알을 낳는 거위의 배를 가른다고 황금이 쏟아져 나오는 것은 아니다. 품지 않은 알이 부화할 수 없는 것처럼, 치열하게 고민하지 않은 아이디어 역시 원하는 최종 결과를 도출하지 못한다. 제아무리 아이디어 뱅크라 해도 한계에 부딪힐 수밖에 없는 것이다.

그 사실을 누구보다 잘 알고 있는 나이기에, 슬립링코리아의 대표가 된 지금 직원들에게 지속가능한 성장 동력을 만들어내라고 강요하지 않는다. 아이디어란 자유롭고 수평적이며 즐거운 조직문화에서 발현되기 때문이다. 서로가 서로의 생각을 존중하는 것은 물론 자유롭게 의사를 표현하고 저마다 회사의 주인이라고 생각한다면 필시 슬립링코리아는 하루하루 시간에 비례해 발전할 것이라 확신한다.

위기는 늘
기회와 함께 온다

　사업을 하다 보면 때로는 본의 아니게 냉정해져야 할 때가 있다. 치열한 경쟁의 장에서 살아남기 위해서는 부득이한 일이다. 나 역시 그럴 수밖에 없었던 상황이 몇 번 있었다.

　사업 초기, 눈코 뜰 새 없이 바쁜 날들을 보내고 있었다. 슬립링 제품의 성능을 개선하느라 연구실에서 숙식을 하며 지냈다. 그러던 어느 날 아내에게 전화가 걸려왔다. 전화기 너머 들려오는 아내의 목소리가 심상치 않았다. 경찰서에서 '출두하라'는 연락이 왔다는 것이다. 내용인즉 사업을 시작하기 전에 다니던 M사에서 특허권 위반 혐의로 나를 고소한 것이다. 평생 경찰서라고는 구경조차 해보지 않았던 아내였으니, 경찰서 직인이 찍힌 출두 요구서를 보고 얼마나 놀랐겠는가. 나 역시 적잖이 당황했지만 한편으로는 '올 것이 왔다'는 생각이 들었다.

　M사의 대표님이라면 충분히 그러고도 남았기 때문이다. 그곳에서

나는 제품을 개발하는 연구책임자로서 적지 않은 성과를 올렸다. 앞서 말했듯 중소기업청 등 정부기관에서 실시하는 연구에 참여해 자금지원을 여러 차례 받았고, 크고 작은 제품도 개발했다. 그때 처음으로 슬립링을 설계하고 마침내 시제품 출시에 성공했다. 다만 대표님이 연구개발비를 슬립링 개발에 투자하지 않고 사적인 용도로 착복하면서, 내 노력은 언제나 물거품이 되기 일쑤였다. 최소한의 검사 장비조차 구입해주지 않으니 괴리감은 점점 커져만 갔다.

개발 자금을 본래의 목적이 아닌 다른 용도로 사용하는 것은 엄연한 불법 행위다. 임의로 유용할 경우 법에 따라 엄중한 처벌을 받게 되며, 향후 지원 대상에서도 제외된다. 계속해서 불법을 저지르는 대표님을 위해 자금을 지원받고 있는 내 처지가 한심하게 느껴졌다. 마치 내가 공범자가 된 것처럼 죄책감도 들었다. 더는 그 회사에 근무할 수 없는 상황에 놓이게 된 것이다.

천만다행히도 대표님의 안일함과 부도덕함 덕분에 내가 개발한 슬립링은 시장에서 큰 성과를 거두지 못했다. 미완성 상태로 시장에 출시했으니 당연한 결과였다.

결국 나는 엔지니어로서 마음껏 기술개발에 주력하고자 슬립링코리아를 창업했다. 슬립링코리아를 설립한 뒤 미진했던 부분을 최대한 보완했다. 처음부터 끝까지 혼자서 기획하고 설계하고 만들었으니 부족한 점과 보완책을 누구보다 잘 알고 있었다. 그 결과 슬립링코리아에서 개발한 슬립링은 출시와 동시에 좋은 반응을 얻었다.

슬립링이 돈이 된다고 생각하자, 대표님 딴에는 약이 올랐던 것이다. 자신이 했던 일은 까맣게 잊어버리고, 내가 특허기술을 훔쳐갔다며 고소를 했으니 사람이란 쉽게 변하지 않는다는 말이 진리였다.

그러나 법이란 눈에 보이는 결과만 놓고 평가할 뿐 각자의 사정은 헤아려주지 않는다. 결과론적으로 보자면 내가 슬립링의 원천기술을 M사에서 가져와 업그레이드한 것, 그 이상도 이하도 아니었기 때문이다.

얼마 후 경찰이 찾아와 사무실을 압수수색하고 기술 자료를 가져갔다. 담당 경찰은 "고소가 접수된 사건이라 어쩔 수 없이 수사를 진행하지만 되도록 고소인과 잘 협의하여 사건을 마무리하는 게 좋다"고 전했다.

사업을 시작한 지 얼마 되지 않은 시점이어서 일에만 집중해도 성공 여부가 불확실한 마당에 소송에 휘말리자 말 그대로 정신이 하나도 없었다. 인생의 밑바닥 직업을 전전하며 산전수전을 다 겪었다고 생각했지만 경찰의 출두 요구서를 받아본 것은 처음이었기 때문이다. 더욱이 모든 상황이 나에게 불리했다.

사업자금도 없이 무모하게 사업을 시작했던 것은 나의 기술력을 믿었기 때문이다. 고소 때문에 그 기술이 무용지물이 될지도 모를 위기에 놓였으니 사업의 기반이 뿌리째 흔들리게 된 셈이었다. 그러나 위기는 언제나 기회와 함께 온다.

대안을 고심하고 있던 차에 중소기업청에서 예상치 않았던 연락을 해왔다. 중소기업 기술지원 사업의 기계분야 기술심사관을 맡아달라는 부탁이었다. 슬립링 관련 심사를 맡아줄 전문가를 찾기 위해 대학 및 연구소 등을 수소문하던 중 나를 알게 되었다고 했다. 나도 모르는 사이에 슬립링 분야에서 국내 최고의 전문가가 되어 있었던 것이다.

기쁘면서도 허탈했다. 국내 최고의 전문가라고 인정해준들 무슨 소용이 있단 말인가. 특허법 위반으로 그 기술을 사용할 수 없게 될지도 모를 위기 앞에서. 그러다 문득 당면한 난국을 헤쳐나갈 결정적인 방법이 떠올랐다.

첫째, 중소기업청에서 제안한 기술심사관을 수락한다. 둘째, 심사관으로서 M사가 그동안 자금을 착복했다는 사실을 밝혀낸다. 이 계획대로 차질 없이 진행되면 대표님과 협상할 히든카드가 생긴다. 한시라도 빨리 합의하라던 경찰의 조언을 애써 무시하고 내가 기술심사관으로 선정되었다는 소식이 대표님의 귀에 들어갈 때까지 기다렸다. 이윽고 대표님이 먼저 다급하게 만나자고 연락해왔다.

대표님은 나를 만나자마자 고소를 취하하겠다며 대신 심사관을 포기해달라고 부탁했다. 나는 짐짓 못 이기는 체하며 그 제안을 받아들였다. 훗날 대표님은 나에게 진심으로 미안하다고 사과했다. 내가 퇴사한 이후로 새로운 제품이 출시되지 않았기 때문이다. 사람을 귀하게 여기지 않았던 그릇된 마음이 결국 회사의 경쟁력까지 잃게 만든 것이다.

이후 나와 대표님은 서로의 사업 영역을 존중하며 선의의 경쟁을 펼치고 있다. 한없이 나를 서운하게 만들었던 대표님 덕분에 슬립링코리아를 설립하게 되었으니, 이제는 진심으로 감사의 마음을 전한다.

자고로 보고 배운다고 했다. 나와 아내가 동기들과 의좋게 지내는 모습을 보며 자란 터라 필시 성인이 되어서도 서로를 이해하고 사랑하며 우애 깊은 형제가 될 것이라 믿는다. 부모에게 이보다 큰 기쁨이 어디 있겠는가.

8

가족,
그 소중함에 대하여

25년 동안
감추어두었던 질문

세월은 많은 것을 바꿔놓는다. 25년이라는 시간은 젖먹이였던 아이를 청년으로 성장시켰고, 새로운 사랑을 위해 피붙이를 남겨두고 집을 나가야만 했던 이십 대 풋풋한 여인을 초로의 중년으로 변화시켜놓았다.

이렇듯 시간은 누구에게나 평등하게 주어진다. 그 시간을 어떻게 사용하느냐에 따라 인생은 저마다 각기 다른 모습으로 변해간다. 지금의 삶은 오롯이 자신이 살아온 삶의 기록이므로 스스로 책임져야 한다는 뜻이다.

어머니에게 버림받은 뒤 우리 동기들은 말로 표현할 수 없을 만큼 비통하고 외로운 시간을 보냈다. '엄마'라고 한번 불러보는 것이 소원이었던 어린아이의 심정을 누가 알겠는가. 그리워하고 원망하고 또 그리워하면서 한없이 아파했으니, 어머니의 부재는 평생 동안 우리 동기들을 따라다니는 천형(天刑)과도 같았다.

그랬던 우리가 어머니가 계신 곳을 알게 되었고, 그리움보다 더 큰 실망과 참담함을 느꼈다. 우리 집과 그리 멀지 않은 곳에서 새로운 가정을 꾸리며 살고 계셨기 때문이다. 마음만 먹으면 한걸음에 달려와 우리를 품에 안을 수 있는 거리에 계셨다니, 도무지 믿기지 않았다. 서운함을 넘어 배신감이 들었다. 그동안 그리워했던 시간을 부정하고 싶을 정도였다.

동시에 단 한 번이라도 좋으니 꼭 만나고 싶었다. 나와 누나는 외삼촌을 찾아가 부탁하고 또 부탁했다. 어머니가 우리를 만나고 싶어 하지 않는다는 것은 외삼촌의 표정으로 충분히 짐작할 수 있었다. 그런데도 어머니가 보고 싶었으니, 어머니를 향한 그리움을 천형이라 말하는 까닭이다.

그리움도 그리움이었지만 우리는 반드시 어머니를 만나야 할 이유가 있었다. 당시 주택부금에 가입하려면 서류에 부모님의 날인이 필요했다. 어머니가 집을 나간 지 25년이 넘었지만 서류상으로는 여전히 아버지와 부부관계였기 때문이다. 이러한 사정을 설명한 뒤에야 비로소 어머니를 만날 수 있었으니, 오랜 시간이 흐른 지금도 어머니를 생각하면 끝없는 슬픔이 밀려온다.

'내일이면 드디어 어머니를 만날 수 있다.'

그렇게 생각하자 도무지 일손이 잡히지 않았다. 하루 종일 멍한 상태로 있다가 늦은 저녁이 되어 다시금 밖으로 나갔다. 마음이 복잡하여

집에 가만히 있기가 어려웠다. 늦은 저녁까지 거리를 배회하다 보니 허기가 밀려왔다. 중국음식점에 들어가 자장면과 소주 한 병을 주문했다. 자장면에는 손도 대지 않고 소주 한 병을 단숨에 들이켰다. 쓴맛을 느낄 틈도 없이 소주병이 비워지고 다시 한 병을 주문했다.

'엄마! 왜 나를 한 번도 찾지 않았어요?'

술의 힘을 빌려서라도 머릿속에 맴돌던 질문을 잊어버리고 싶었다. 그럴수록 '왜'라는 질문이 더욱 강하게 나를 옥죄어들었다. 소주 한 병을 마저 마셨더니 울컥울컥 신물이 치고 올라왔다.

치밀어 오르는 욕지기 때문에 서둘러 밖으로 나갔다. 후미진 골목을 찾아 목을 빼고 주저앉으니 방금 마신 소주와 신물이 뒤섞여 한꺼번에 쏟아져 나왔다. 시큰한 기운이 눈을 찌르더니 이내 눈가에 물이 맺히고 시야가 뿌옇게 흐려왔다. 그 눈물의 정체가 무엇인지 지금도 알 수 없다. 슬픔도 아니고 원망이나 그리움도 아닌 알 수 없는 감정, 취하고 싶었지만 어머니에 대한 감정은 내게 취하는 것조차 허락하지 않았다.

어두운 골목 한구석에 먹은 것들을 토해놓으며 나는 25년 동안 애써 억누르고 있었던 말들을 함께 토해냈다.

"왜 그랬어요. 왜!"

드라마와는 다른 현실

나는 가족드라마를 즐겨 보지 않는다. 특히 출생의 비밀을 안고 살다가 성인이 되어 친부모와 재회하는 드라마는 의식적으로 피한다. 한때는 그런 드라마를 보며 나도 언젠가는 어머니와 극적으로 재회할지도 모른다는 막연한 희망을 갖기도 했다. 하지만 현실은 드라마처럼 아름답지만은 않다.

어머니와 다시 만났던 날도 예외가 아니었다. 25년 만에 만났지만 우리는 부둥켜안지도, 눈물을 쏟지도 않았다. 얼굴을 어루만지며 혈육임을 확인하는 절차 또한 없었다. 25년이라는 공백이 그저 어색하기만 했다. 핏줄이 당긴다는 말도 거짓말이었나보다.

밋밋한 대화 몇 마디가 우리가 나눈 전부였다. 하고 싶었던 말이 왜 없었겠는가. 듣고 싶었던 말이 왜 없었겠는가. 하지만 무심한 어머니를 마주하자 꾹꾹 쌓아놓았던 말들이 도무지 입 밖으로 나오지 않았다. 우리를 낯설어하기는 어머니도 마찬가지였다.

괜스레 누나가 상처를 받을까 걱정스러웠다. 나는 어머니와 함께한 시간이 없었다고 자위할 수 있지만 누나는 아니지 않은가. 애써 어머니가 새로운 가족들 때문에 마음 놓고 울지도, 그리움을 표현하지도 않는 것이라 여기며 헤어졌다.

드라마처럼 감동적인 재회는 아니었지만, 그 덕분에 어머니의 마음을 미루어 짐작할 수 있게 되었다. 꿈 많던 여고 시절 아버지를 만나 우리 삼 남매를 낳지 않았다면 어머니의 삶은 지금보다 훨씬 행복했을 것이다. 아버지가 어머니의 마음을 세심하게 다독거려줄 만큼 책임감이 강한 분이었다면 자식들을 남겨두고 집을 나가는 일도 없었을지 모른다.

어머니도 자신의 삶에 회한이 깊었을 테다. 생때같은 자식을 버리고 집을 나간 여인이 마음 놓고 행복할 수 있었겠는가. 그렇다 해도 당신의 불행을 아버지의 탓으로 돌리는 것은 용납되지 않았다. 아버지는 끝까지 우리를 지켜주셨고, 사랑으로 키워주신 고마운 분이기 때문이다.

"아버지는 자식을 버리지 않았어요."

모진 말을 하지 않겠다고 다짐했지만 결국 어머니의 가슴에 못을 박고 말았다.

어머니와 재회한 뒤로 세월은 속절없이 흘러 또다시 25년이 훌쩍 지났다. 지금도 가끔 어머니가 그립지만 예전에 느꼈던 그리움과는 다르다. 속을 게워낼 정도로 가슴이 미어져오지 않으며 눈물이 흐르지도 않는다. 어머니의 사랑을 갈구하는 나이도 아닐뿐더러, 어머니의 입장을 조금이나마 이해할 수 있게 된 덕분이다. 열아홉 살 어린 소녀였던 어머니가 애처롭기도 하다. 어머니에게는 아버지를 만나고 우리를 낳은 것이 천추의 한이 될 수도 있겠지만 그 덕에 우리 동기들이 세상에 태어나 울고 웃으며 소중한 하루하루를 살아가고 있으니, 진심으로 감사드린다.

결혼식 3일 전에 치른
이혼 전쟁

　돌이켜 생각해보면 25년 전 어머니는 우리를 만날 준비가 되어 있지 않았다. 남편과 아이들에게 갑작스레 나타난 옛 자식을 어떻게 설명하겠는가. 우리 존재가 부담스럽고 불편했을 것이다. 자식들 보기에 부끄러웠을지도 모른다. 25년간 지척에 두고도 찾지 않았다는 것은 그립지 않았다는 뜻이니, 아마도 영원히 만나지 않길 바랐는지도 모를 일이다.

　이를 증명이라도 하듯 그 이후 내가 연락을 해도 그리 달가워하지 않으셨다. 지금도 우리의 안부를 먼저 물으시는 일이 없다. 성품이 원래 차가운 것인지, 여전히 우리가 부담스러운 것인지는 알 길이 없다. 그립지 않다고 말하면서도 한번쯤은 반갑게 맞아주시길 바라고 있는 것을 보면 내 안에 어머니를 그리워하는 어린 소년이 아직도 살아 있는 모양이다.

우리의 존재를 부정하고 내치기만 했던 어머니가 딱 한 번 집으로 찾아왔었다. 내 결혼식을 사흘 앞둔 날이었다. 앞서 결혼을 한다고 말씀드린 터라 내심 축하해주러 오셨는지도 모른다는 헛된 꿈을 꾸었다. 이윽고 어머니의 목적이 아버지와 담판을 짓기 위함이었음을 알게 되었다. 법적으로 여전히 부부관계였으니, 25년 만에 자식을 만난 김에 부부의 연을 깨끗하게 정리하고 싶었던 것이다. 그 때문에 우리 집에서는 한 번도 본 적 없었던 부부싸움이 벌어졌다. 아들의 결혼식을 코앞에 두고 25년 만에 재회한 부부가 이혼 전쟁을 하고 있다니, 직접 보면서도 믿기지 않았다.

오랜 세월이 흘렀건만 아버지에 대한 어머니의 원망은 생각보다 훨씬 깊었다. 그 모습을 보면서 어머니도 행복하게 살아온 것은 아니라는 사실을 직감했다. 버리고 나간 자식이 눈에 밟혀서가 아니라 당신의 차가운 성격 탓에 새로운 가족도 품지 못했으리라.

어머니의 언성이 높아질수록 아버지도 이혼 서류에 도장을 찍지 않겠다고 고집을 부렸다. 저마다 해묵은 한이 있겠지만 정말 해도 너무들 하신다. 사흘 뒤에 결혼하는 아들의 마음은 조금도 배려하지 않고 있으니 말이다. 어머니에게 화를 내고 싶었지만 괜스레 아버지에게 소리를 버럭 질렀다. 그 탓에 아버지는 서류에 도장을 찍었고, 두 분은 비로소 법적으로 남남이 되었다. 사흘 뒤 어머니는 끝끝내 결혼식에 모습을 보이지 않으셨다. 혹여 먼발치에서 우리를 보며 눈물을 흘리지는 않을까, 잠시잠깐 드라마 속 한 장면을 상상했지만 역시나 헛된 꿈이었다.

부부의 연은 서류에 도장을 찍음으로써 끊을 수 있지만 부모와 자식의 관계는 끊고 싶다고 해서 끊어지는 것이 아니다. 하늘이 맺어준 천륜이기 때문이다. 그럼에도 불구하고 어머니가 끊고 싶어 했던 것은 부부의 연만은 아닐지도 모른다. 가끔은 그 사실이 코끝을 시큰거리게 만들지만 언젠가는 이 마음도 옅어질 것이다.

지금 내 옆에서 우리 아이들에게 최선을 다하는 아내를 보고 있으면 마음이 따뜻해진다. 아내를 통해 지난날의 상처를 보상받고 있는 것이다.

아버지, 사랑합니다

　세상에서 가장 사랑하는 아버지. 사드리고 싶은 것도, 해드리고 싶은 것도 많은데 야속하게도 아버지는 너무 일찍 세상을 떠나셨다. 살아 계실 때는 돈이 없어서, 경제적으로 풍요로워진 뒤에는 아버지가 계시지 않아 효도를 못 하니, 결국 호강 한번 시켜드리지 못했다. '어버이 살아신 제 섬기길 다하라'던 정철 시인의 시 구절을 떠올리며 애달픈 가슴을 치고 또 친다.

　아버지는 남자로서 참 멋있는 분이었다. 할머니가 말씀하시길, 학창 시절에 언제나 1등을 도맡아 하셨다고 한다. 어디 그뿐인가. 프랑스 배우 알랭 들롱과 닮았으니, 아들인 내가 봐도 정말 잘생기셨다. 분명 아버지의 청춘은 반짝반짝 빛나는 날들로 채워져 있었을 것이다.

　첫눈에 반한 여인과 가정을 이루었을 때도 당신이 알코올중독자가 될 것이라고는 상상도 하지 않았을 것이다. 그러나 명석한 두뇌 때문에 아버지는 초라한 현실을 받아들이지 못했다. 이상과 현실의 괴리에서 하루하루 불행 속으로 걸어 들어가셨던 것이다. 머리가 좋고 필력까지 좋았지만 어려움을 견디고 이겨내려는 의지는 희박했다는 뜻이다. 근성과 집중력을 발휘해 위기를 기회로 만들기는커녕 힘들 때마다 술에 의존하셨기 때문이다.

수려한 외모 역시 아버지의 삶을 고단하게 만들었을 테다. 양품점에서 점원으로 근무하던 아버지에게 첫눈에 반했던 여고생이 어머니였으니 말이다. 어머니의 구애로 두 분의 사랑이 시작된 것이지만 세상 사람들은 그렇게 생각하지 않았다. 특히 외할머니는 아버지를 눈엣가시처럼 여겼다. 귀한 딸이 여고를 졸업하기도 전에 결혼을 하겠다고 선언하고, 뒤이어 아이까지 낳았으니 아버지가 어머니의 인생을 망쳤다고 생각한 것이다.

그러나 나이가 어리기는 아버지도 마찬가지였다. 20대 초반에 한 여인의 남편이 되었고, 연이어 자식 세 명까지 책임져야 했다. 눈부시도록 빛나던 청춘이 하루아침에 암흑이 되었다고 느꼈을지도 모른다. 그래도 끝까지 자식을 버리지 않고 책임지셨으니, 비록 능력은 없었어도 따뜻하고 멋진 아버지임에 틀림없다.

50세가 넘으면 하늘의 뜻을 헤아릴 수 있다고 했던가. 그 덕분에 절대로 이해할 수 없을 것 같았던 부모님을 이해하고 나아가 가슴 깊이 사랑하고 있다는 사실을 깨닫게 되었다. 어쩌면 내 아이들을 보면서 부모님의 깊은 슬픔과 고독을 이해하게 되었는지도 모른다.

스무 살이 넘은 호균이가 든든하고 믿음직스럽지만 내 눈에는 여전히 어리게만 보인다. 그 어린 나이에 가장이 되어버린 아버지. 세상이 얼마나 무섭고 두려웠을까? 술에 의지하지 않으면 견딜 수 없을 만큼 힘들었을지도 모른다.

중학생 소녀답게 천진난만한 다솜이를 보면서도 어머니를 생각한다. 다솜이보다 고작 대여섯 살밖에 많지 않은 나이에 가난이 무엇인지 뼈저리게 느꼈을 어머니의 깊은 고독과 절망을 헤아려본다.

나의 부모님이라는 이유만으로 세상에서 가장 강한 어른이라 생각했으나 실제로는 작은 비바람에도 쉽게 부서질 수 있는 연약한 청춘남녀였던 것이다.

사실 예전부터 나는 지독히 가난했지만 다시 태어나도 아버지와 부자의 연을 맺고 싶었다. 그만큼 아버지를 가슴 깊이 사랑했다. 아버지가 물려주신 낙천적인 성격 덕에 힘들고 어려워도 좀처럼 좌절하지 않았다. 회사를 다닐 때마다 아이디어 뱅크라 불렸던 것 역시 아버지가 물려주신 명석함 덕분이다.

생각해보면 어머니에게도 물려받은 것이 있다. 몰랐는데 알고 보니 외갓집이 장수 집안이었다. 그 덕분에 우리 남매들도 지금껏 큰 질병 없이 건강하게 살고 있다.

내 삶에서 아버지와 어머니는 어떤 존재이며 의미일까? 제3자의 시선으로 보자면 아버지는 가족을 책임지지 못한 무책임한 가장이었다. 어머니 또한 당신이 낳은 자식을 버리고 떠난 매정한 분이다. 그래서 두 분을 미워하고 원망도 했었다. 그러나 나는 제3자가 아니라 그분들 덕에 세상에 태어난 자식이다. 자로 재듯 잘잘못을 따져 '옳다, 그르다' 말할 수도 없고 그래서도 안 된다. 자식들에게도 이해받지 못한다면 왠지 저승에 가서도 편치 않으실 것 같기 때문이다. 한평생 외롭게 사셨으니, 저승에서라도 마음의 짐을 홀홀 털어버리고 편안하시길 바란다. 그 방법은 우리가 아버지를 진심으로 이해하고 사랑하는 마음만 남겨두는 것이라 생각한다.

"당신은 아버지와 많이 닮았어요. 아버지를 많이 사랑하고 있다는 뜻이에요. 어머니에 대한 미움도 이제는 당신 마음 안에 없어요."

아내의 말처럼 나는 아버지를 사랑한다. 나를 버린 어머니마저도.

웃음과 기쁨으로 채워졌던
아버지의 회갑잔치

아버지의 회갑을 앞두고 동기들과 작은 언쟁이 벌어졌다. 누님들을 비롯해 주변 친지들은 회갑잔치 대신 가까운 곳으로 가족 여행을 떠나자고 했고, 나는 회갑잔치를 해야 한다고 고집을 부렸다. 요즘 세상에 회갑잔치를 하는 사람도 없거니와 저마다 사는 게 빠듯해서 잔치를 열 정도로 경제적 여건도 안 됐다. 그런데 무슨 이유였는지 나는 꼭 잔치를 열어드리고 싶었다. 육십 평생 축하받은 일 없었고 주인공이었던 적도 없던 아버지에게 단 하루라도 축하와 기쁨과 웃음만 가득한 하루를 만들어드리고 싶었던 것이다.

결국 끝까지 고집을 부려 동대문 근처 한 뷔페식당을 빌리고 초대장을 돌렸다. 친척들을 모시고 아버지의 친구분들도 초대했다. 오랜만에 웃음꽃이 활짝 핀 아버지의 얼굴을 보니 나도 덩달아 기분이 좋았다. 사람들이 모두 모인 자리에서 나는 마이크를 잡고 감사의 말씀을

드린 후 한 가지 선언을 했다.

"오늘은 특별하고 행복한 날입니다. 저는 아버지 때문에 평생 술을 끊고 살았습니다. 그러나 아버님의 회갑을 맞은 오늘만큼은 여러분이 주시는 술을 마다하지 않고 감사한 마음으로 다 받겠습니다."

"와!" 하는 환호성이 들렸다. 평소 나를 아는 사람들은 그 말의 무게를 알기 때문이다. 나는 그때나 지금이나 술을 전혀 입에 대지 않는다. 사업상 필요한 경우에도 양해를 구하고 음료수만 마신다. 간혹 종업원이 시중을 들어주는 술집에 가면 동석한 친구들이 종업원들에게 "이 친구에게 술을 딱 한 잔만 마시게 하면 팁을 주겠다"고 내기를 걸곤 한다. 그럴 때마다 온갖 방법을 동원하지만 단 한 번도 성공한 이가 없을 정도였다. 그런 내가 자진하여 술을 마시겠다고 공언했으니 지인들의 입에서 환호가 터져 나온 것이다.

나는 그날 평생 마실 술을 한꺼번에 다 마셨다. 손님들의 좌석을 일일이 찾아다니며 감사의 인사와 함께 술을 받아 단숨에 들이켰다. 한 잔, 두 잔, 석 잔…. 기분이 좋아서인지, 아니면 아버지를 닮아서인지 좀처럼 취하지 않았다. 내가 이렇게 술이 셌던가 하는 생각이 들 정도였다.

술을 다 받아 마신 후 나는 아버지를 업고 좌중을 한 바퀴 돌았다. 술기운에도 아버지의 몸이 많이 가벼워졌음이 느껴졌다. 더는 젊은 시절의 훤칠하고 호탕하던 아버지가 아니었다. 울컥 눈물이 나왔다. 눈물을 감추기 위해 일부러 마이크를 잡고 노래를 불렀다. 그 자리에 모인 사람들의 웃음과 환호가 가득한 잔치마당의 장면을 끝으로 내 기억은 술기운에 희미해졌다. 그러나 오랜 세월이 지나도 행복했다는 사실만큼은 생생하다.

행복한 시간은 찰나와도 같이 빠르게 지나간다. 아버지는 칠순을 넘기지 못하고 우리 곁을 떠나셨다. 회갑잔치마저 열어드리지 못했다면 두고두고 한이 맺혔을 것이다. 회사가 성장할수록 아버지가 지금 우리 곁에 계신다면 얼마나 좋을까 생각하고 또 생각한다.

공사장 인부를 비롯해 허드렛일을 도맡아 하던 아들이 어엿한 중견기업의 대표가 된 모습을 본다면 얼마나 행복해하셨을까? 사옥이 완공되어 준공식을 열던 날, 가슴이 벅차올랐지만 동시에 아버지의 빈자리가 한없이 그리웠다. 성장한 아들의 모습을 보는 것만으로도 그간의 고생이 눈 녹듯 사라진다며 기뻐하셨을 텐데.

자신보다 자식들을 더 사랑했던 아버지. 큰돈을 벌지는 못하셨지만 당신이 할 수 있는 최선을 다하며 우리를 지켜주셨던 아버지.

"아버지 사랑합니다. 아버지 감사합니다."

'엄마'가 되어준 장모님

세상 모든 아이에게 어머니의 부재는 깊은 상처로 남는다. 제아무리 따뜻한 아버지와 일가친척이 계신다 해도 말이다. 어머니의 자리를 채워줄 수 있는 사람은 없기 때문이다. 어른이 되었다고 해도 달라지는 것은 없다. 전쟁터를 방불케 하는 바쁜 일상을 살다가 문득문득 깊은 고독과 절망을 느낄 때면 어머니라는 존재가 한없이 그리워진다. 잘잘못을 따지기에 앞서 언제 어디서나 내 편이 되어줄 한 사람, 절망의 구렁텅이에 빠져 있을 때 따뜻한 손을 건네줄 한 사람이 필요하다는 뜻이다.

그랬던 내게 간절히 바라던 어머니가 새로이 생겼다. 다름 아닌 장모님이시다. 아내가 생긴 것도 감사할 일인데 어머니라고 부를 수 있는 분이 생겼으니, 결혼은 내 인생을 아름답게 변화시켜주었다.

어머니를 처음 뵙는 날, 간밤에 잠을 설칠 정도로 긴장했었다. 모아둔 재산이라고 해봤자 식구들과 함께 사는 아홉 평 남짓한 임대아파트가 전부였고 번듯한 직업도 없었으니, 긴장하지 않으면 그게 더 이상할 일이었다.

이윽고 만난 장모님은 섬사람답게 거칠고 투박했지만 마음이 따뜻하고 정이 넘치셨다. 간간이 아내에게 잔소리를 하는 모습에도 깊은 정이 담겨 있었다. 그 모습을 보며 '자식을 바라보는 어머니의 눈빛이 참 따뜻하다'는 사실을 알게 되었다. 부럽다는 뜻은 아니다. 얼마 지나지 않아 나를 바라보는 장모님의 눈빛에도 정이 가득 담겼기 때문이다. 아내 덕에 그토록 원했던 어머니가 생긴 것이다.

장모님을 부를 때 나는 '엄마'라고 한다. 어려서 그토록 부르고 싶었던 '엄마'를 원도 한도 없이 부르고 있다. '엄마'도 장모님보다 훨씬 친근하고 듣기 좋다고 하시니, 엄마와 나는 장서관계가 아니라 모자지간인 것이다.

결혼 이후 '엄마'는 때마다 시산도에서 직접 채취한 해산물을 보내주셨다. 멸치, 미역, 바지락, 꼬막 등 바리바리 싸서 보내주신 싱싱한 해산물을 볼 때마다 엄마의 정을 느낀다. 짐 꾸러미 하나하나 소중하지 않은 것이 없는데, 아내는 가끔 불평을 할 때가 있다. 어머니에게 사랑을 받는 것이 익숙하다는 뜻이다.

아내를 비롯해 자식들이 하나둘씩 섬을 떠나도 엄마는 고향을 떠나려 하지 않으셨다. 하지만 당신의 몸이 아프다 보니 혼자 지내시는 게 어렵다고 판단하고, 우리 집 근처로 이사를 오셨다. 함께 지내고 싶었지만 극구 사양하시는 바람에 가까운 곳에 계신다. 우리 집 근처로 오신 뒤에는 하루도 거르지 않고 들러 사소한 것들을 챙겨주셨다. 형편이 어려웠으니 무엇이든 도와주려고 하신 것이다.

쌀독을 열어보는 것도 엄마가 거르지 않고 하는 일이었다. 쌀독에 쌀이 얼마 없으면 밥을 차려드려도 절대로 식사를 하시지 않았다. 그럴 때는 어김없이 아내와 다퉜다. 엄마와 아내의 마음을 누구보다 잘 알고 있었으니, 경제적으로 넉넉하게 해드리지 못해 늘 죄송했다.

엄마는 우리보다 형편이 나은 형님 집에 가시면 이런저런 살림살이를 받아 와서 우리에게 주셨다. 형님이 사준 옷을 아내에게 주고, 당신은 아내가 몇 년째 입던 2002년 붉은 악마 티셔츠를 뺏다시피 하여 입고 가신 적도 있었다. 서로를 가슴 깊이 사랑하고 또 안쓰러워했으니 엄마와 아내의 다툼은 끊이지 않았다.

그처럼 어려운 상황에서도 무능한 사위를 탓하지 않고, 언제나 용기를 북돋아주셨던 엄마. 우리랑 함께할 때 마음이 가장 편하다며, 주말에는 다 함께 산이며 들로 나들이를 다니곤 했다.

한번은 이런 일도 있었다. 망원동에서 셋방살이를 할 때였다. 함께 나들이를 갔다가 돌아오는 길에 한강 둔치에 차를 세우고 강바람을 쐬고 있었다. 멀리 강 건너에 아파트 단지를 보자, 수많은 불빛 가운데 우리 집은 없다는 사실이 서글프게 느껴졌다.

"저 많은 아파트 중에 우리 집은 없네. 엄마! 언젠가 저기 보이는 아파트를 반드시 내 집으로 만들 거야."

그리고 6년 뒤 우리는 수많은 불빛 가운데서도 가장 빛나는 집으로 이사를 갔다.

"자네가 한강 너머를 보며 그랬었지? 꼭 아파트를 사겠다고 말일세. 결국 뜻을 이루었구먼. 장하네. 우리 아들 정말 장해."

엄마의 말씀을 들으며 희미했던 기억들이 되살아났다.

'더 멋진 아들이 될게요. 지켜봐주세요. 엄마.'

나는 엄마의 환한 미소를 보며 마음속으로 다짐하고 또 다짐했다.

사위 녀석이 날 속였어!

　연세가 드시면서 엄마의 몸에도 이상이 오기 시작했다. 젊어서부터 고된 일을 마다하지 않으셨으니 관절 곳곳에 이상이 생긴 것이다. 특히 어깨관절에 문제가 생겨서 팔을 올리지 못해 혼자서 머리를 감지도, 옷을 갈아입지도 못하셨다. 그러면서도 좀처럼 내색을 하지 않아 병세가 깊어진 뒤에야 알게 되었다. 자식들의 형편을 생각해서 아파도 아프다고 말씀하시지 않은 것이다.

　병원에 가자고 해도 끝끝내 고집을 부리고 자식들의 손을 뿌리치셨다. 가까스로 병원에 가도 치료를 거부하기 일쑤였으니, 당신의 몸보다는 언제나 자식들 걱정뿐이었다. 아내도 엄마의 고집을 꺾지 못해 그냥 보고만 있어야 했다. 고민 끝에 나는 묘안을 짜냈다. 일단 엄마한테는 병원에서 아주 싼 가격으로 통증완화 주사를 놔준다고 말한 뒤 병원으로 모셨다. 의사 선생님과는 사전에 협의한 뒤 인공관절 수술을 하는 것으로 계획을 세웠다.

　엄마는 우리가 세워놓은 계획도 모른 채 병원에 와서 주사를 맞았다. 물론 그 주사는 통증완화 주사가 아니라 수술용 마취주사였다. 수술이 끝나고 마취가 풀리자 엄마가 "아이고, 사위 녀석이 나를 속였어!"라며 행복한 투정을 부리셨다.

　그 자리에 있던 의사와 간호사들 모두 웃음을 터뜨렸다. 수술은 성공적이었다. 퇴원하고 며칠 후 엄마는 스스로 옷을 갈아입고 머리도 감을 수 있게 되었다. 그 모습을 보면서 내가 농담을 걸었다.

　"엄마! 거봐. 사위 말 들으니 좋지?"

　허리 수술을 할 때도 이와 비슷한 실랑이를 벌였다. 얼마 전에는 틀니를 새로 할 상황인데도 아프지 않다고 고집을 부리셨다. 75세 이상 노인은 의료보험이 적용되어 80만 원 정도면 틀니를 할 수 있다고 말하자 "그 정도면 내 돈으로도 할 수 있겠네"라며 혼잣말을 하셨다.

　"왜, 안 아프다며!"

　내가 농담을 건네자 그저 웃으셨다. 결국 틀니를 새로 맞췄고, 이제는 고기도 잘 드신다.

　형편이 나아져도 엄마는 변함이 없으시다. 아파도 아프지 않다고 말씀하시는 것이 습관이 되어버린 것이다. 그러니 두 눈을 동그랗게 뜨고 세심히 살펴드려야 한다. 어디가 아프신지, 불편한 점은 또 없으신지 말이다.

방탄복을 입으세요

엄마와 딸 사이에는 남자들이 알 수 없는 뭔가가 있는 모양이다. 엄마와 아내, 아내와 딸아이의 대화를 듣고 있자면 종종 이해할 수 없는 상황들이 펼쳐진다.

같은 잔소리를 매일매일 하시는 엄마, 엄마의 잔소리에 일일이 대꾸하며 언성을 높이는 아내. 대동소이한 일로 다투고 토라졌다가 언제 그랬냐는 듯 다시 찰떡궁합이 되어 까르륵 웃는다. 엄마의 잔소리는 "살림을 알뜰하게 해야 한다", 아내의 대답은 "필요해서 산 거예요"다. 식재료를 살 때도 엄마는 "먹을 만큼만 사라" 말씀하시고, 아내는 "어차피 먹을 것이니 한 번에 사는 게 더 경제적"이라고 맞선다.

아내와 딸의 상황도 다르지 않다. 대수롭지 않은 일로 팽팽하게 맞선다. 쇼핑을 할 때 '필요하다', '필요하지 않다'로 다투는 것이다. 아내에게는 불필요해 보이는 물건이 딸 입장에서는 필요할 수도 있기 때문이다. 한 사람이 양보하면 될 일인데, 어찌된 일인지 엄마, 아내, 심지어 딸까지 양보가 없다. 자신만 옳다고 주장하는 것이다.

더욱 신기한 것은 목소리를 높여 다투다가도 언제 그랬냐는 듯 도란도란 이야기를 나누고 까르륵 웃는다. 모녀였다가 자매였다가 친구였다가 다시 모녀지간이 된다. 그러니 우리 집 여인들에게 있어 다툼은 싸움이 아니라 사랑을 표현하는 방법인 것이다.

그럼에도 불구하고 나는 아내가 엄마에게는 조금 더 너그러워지길 바란다. 늙으면 서운한 것도, 노여운 것도 많다고 하지 않는가. 설사 엉뚱한 말씀을 하고 고집을 부리실지라도 "네"라고 대답하면 좋겠다. 그러려면 '방탄복'을 입어야 한다. 방탄복을 입으면 엄마가 화살처럼 날카로운 말씀을 하셔도 상처가 나지 않는다. 물론 엄마가 화살을 쏘는 일은 없겠지만, 방탄복을 입었다고 생각한다면 어떤 말씀을 하셔도 "네"라고 대답할 수 있지 않겠는가.

복덩이가 되어준 아이들

내 인생에서 가장 큰 선물이 아내라면 세 아이는 귀한 보물이다. 늦은 시간 퇴근 후 잠든 아이들의 얼굴을 보는 것만으로도 하루의 피로가 풀렸다. 살아가는 이유였고 용기 내어 앞으로 나아갈 수 있는 원동력이었다.

첫째는 태어나자마자 IMF 외환위기가 닥치는 바람에 그 흔한 장난감 하나 제대로 사주지 않았는데도 씩씩하고 건강하게 자라 이제는 우리 집의 든든한 기둥이 되었으니 바라만 보고 있어도 행복하다. 아버지를 세상에서 가장 존경한다고 말해주는 것도 고맙다. 중학교 때였을까? 미래의 꿈이 무엇인지 묻는 선생님 질문에 "아버지처럼 되는 것"이라고 대답했다고 한다. 아내는 호균이가 명확한 꿈이 없다고 걱정했지만 나는 천군만마가 생긴 듯 뿌듯했다. 아들이 나에게 "아버지의 삶은 성공적"이라고 말해주는 것과 다르지 않기 때문이다.

　대학에서 기계공학을 전공하는 것도 나를 닮고 싶어서라고 했으니, 대한민국에 나보다 더 행복한 아버지가 어디 있겠는가. 대학 4년 동안 열심히 공부해서 슬립링코리아에 입사해도 부족함이 없을 정도로 실력을 쌓길 바란다. 아들과 함께 출근하고 함께 퇴근한다면, 이 또한 경험해보지 못한 즐거움을 안겨주리라 믿는다.

　사춘기를 지나고 있는 딸 다솜이는 어디로 튈지 알 수 없지만 존재 자체만으로도 눈이 부신 아이다. 공부를 잘하기보다는 지혜롭고 따뜻한 아이로 성장하길 바란다. 더불어 한 가지 욕심이 있다면 지금처럼 앞으로도 오랫동안 엄마의 둘도 없는 친구가 되어주었으면 한다. 엄마한테는 딸이 최고라고 하지 않는가.

막내 호연이는 앞서 말했듯이 우리 가족에게 행운을 가져다준 아이다. 행운의 여신이 보호하고 있다는 뜻이니, 훗날 큰 인물이 될지도 모른다는 기분 좋은 상상을 한다.

지난날 외롭고 힘든 시절을 누님과 동생들이 있어 버틸 수 있었던 것처럼, 내 아이들도 서로를 보듬어주며 화목하게 지낸다면 더 바랄 것이 없다.

자고로 보고 배운다고 했다. 나와 아내가 동기들과 의좋게 지내는 모습을 보며 자란 터라 필시 성인이 되어서도 서로를 이해하고 사랑하며 우애 깊은 형제가 될 것이라 믿는다. 부모에게 이보다 큰 기쁨이 어디 있겠는가.

거북이가 담장에 오르는 것은 기적에 가까운 일이다. 그 기적은 거북이의 의지와 곁에 있
는 모든 이의 크고 작은 도움에서 완성된다. 누구보다 그 사실을 잘 알고 있는 나다. 나 역
시 더불어 살아가는 슬립링코리아를 만들고자 느리지만 쉼 없는 걸음을 이어가리라.

새로운
미래를 위하여

히든 챔피언을 꿈꾸다

슬립링코리아는 현재 국내 동종 업종에서는 선두주자의 자리에 올랐다고 자부할 수 있다. 특히 창업 5년 만인 2013년에 초소형 고속 슬립링 SKS-M005를 개발했고, 슬립링 COOLER SYSTEM 특허를 취득했으며, 슬립링 다중결합체(MULTI UNION) 실용신안 취득과 SKS-BB000 CE 인증을 취득하는 등 기술혁신에서 선도적인 역할을 해오고 있다. 같은 해에 설립한 슬립링코리아 부설 연구소에서는 오늘도 새로운 기술을 개발하느라 여념이 없다.

우리 회사의 기술력이 알려지기 시작하면서 국내는 물론 세계적으로 이름난 굴지의 기업들에서 제휴의 손길을 보내왔다. 자동화 설비를 필요로 하는 모든 산업에서 슬립링이 필수적으로 사용되기 때문이다. 특히 휴대폰 생산라인에서 슬립링의 수요가 증가하고 있다. 컨베이어 벨트로 연결된 생산라인에서 조립작업이 원활하게 이루어지려면 슬립링이 반드시 필요하기 때문이다.

대기업 납품을 위해 고군분투하지 않았는데도 대기업에서 먼저 연락을 해온 것이다. 그 결과 삼성전자와 LG전자의 파트너가 되었다. LG전자의 경우 애플사의 OEM 생산라인을 갖추고 있어, 아이폰 생산 과정에서도 중추적인 역할을 담당하고 있다. 샤오미에도 제품을 납품하고 있다. 글로벌 기업들의 파트너가 된 결과 안정적인 매출을 올리는 한편, 지속적인 기술개발로 경쟁력을 확보해나가고 있다. 이러한 경험을 토대로 앞으로는 글로벌 시장 진출에 박차를 가할 계획이다.

그에 앞서 몇 해 전 국내 굴지의 대기업 S전자에서 협력업체 제안이 들어왔었다. 베트남에 대규모 생산라인을 준비 중이라며, 슬립링을 공급할 독점협력업체로 계약을 맺자는 것이었다. 계약이 체결되면 연 매출액이 수천억 원대로 점프업할 수 있는 절호의 기회였다.

S전자의 독점협력사로서 R&D개발에 집중한다면 기업공개를 추진할 수도 있다고 생각하니 잠이 오지 않을 정도로 설레었다. 그러나 나는 그 제안을 받아들이지 않았다. 오랜 고민 끝에 아직 준비가 되지 않았다고 판단해서다. 조금 더 실력을 갖추고 글로벌 경험을 익힌다면 제2의, 제3의 기회는 또다시 올 것이라 믿었다.

비록 독점협력사는 거절했지만, 그 덕분에 슬립링코리아의 거래처는 S전자를 주축으로 다변화되어 있다. 글로벌 기업들의 다양한 니즈를 분석하고 충족시키는 과정에서 기술력 또한 지속적으로 강화되고 있다.

급할수록 돌아가야 한다는 말을 가슴에 새기고 눈앞의 이익보다는 중장기적 비전을 수립한 결과다. 이제 나의 꿈은 슬립링코리아가 글로벌 히든 챔피언이 되는 것은 물론 백년기업으로 나아가는 것이다. 자생적으로 기술력을 쌓고 성장해왔으니 충분히 가능하리라 예상한다.

기업의 목적과
올바른 기업가정신

어린 시절에 돈이 생기면 만화방을 즐겨 찾곤 했다. 요즘처럼 놀이 문화가 발달하지 않은 때이다 보니 만화방은 최고의 놀이터였다. 당시 강철수, 고행석과 같은 만화 작가의 작품이 인기를 끌었는데, 나는 그 중에서도 기업을 소재로 하는 만화를 좋아했다. 가난한 주인공이 우연히 어려움에 빠진 노인에게 도움을 주었는데 알고 보니 굴지의 기업 회장이었고, 나중에 주인공의 후원자가 되어 기업을 물려주게 된다는 이야기도 있었고, 가난하지만 남다른 재능을 가진 주인공이 기발한 발명품을 개발하여 큰 성공을 거두게 된다는 이야기도 기억난다. 만화의 스토리가 대부분 현실과는 거리가 먼 판타지였지만 나름 긴장감과 기대감을 불러일으켰다.

그 시절 나는 왜 그리도 기업만화를 즐겨 봤을까? 사업을 하고 싶어서가 아니라 그저 돈 많은 사람이 부러워서였다. 돈을 벌어야 가난에서 벗어나고 식구들이 함께 살 수 있을 테니 잠시잠깐 만화책 속에서라도 대리만족을 하고 싶었다. 그러면서 나조차 인식하지 못했지만 사업을 하고 싶다는 꿈이 자라났던 것 같다. 내 제품을 개발하고 싶다고 생각했기 때문이다. 그것이 사업이 아니면 무엇이겠는가.

요즘 들어 나는 기업을 경영하는 목적이 무엇일까 진지하게 성찰해본다. 기업의 목적은 이윤창출이고 나 역시 돈을 벌기 위해 사업을 시작했지만, 이제는 조금씩 생각이 확장되고 있음을 느낀다.

이윤을 창출하지 못하는 기업은 존재 이유를 상실하지만 그럼에도 불구하고 이윤창출만이 목적이 되어서는 안 된다고 생각한다. 그곳에 모인 임직원이 행복하고, 지역사회가 발전하고, 나아가 국가경쟁력이 강화되는 것 또한 기업의 목적에 해당한다. 돈은 그 과정에서 발생하는 최종적인 결과물일 뿐이다.

그래서 쉽게 돈을 벌고 싶다는 욕심 따위는 없다. 제아무리 슬립링코리아가 더블성장을 해왔어도 이는 결코 쉽게 이룬 결과가 아니다. 그동안 내가 피땀 흘려 쌓은 기술력과 임직원들의 헌신이 만들어낸 값진 결과물이다. 그러므로 과실 또한 모두가 함께 나누어 가져야 한다.

물 한 방울은 쉽게 마른다. 그러나 물 한 방울이 영원히 마르지 않으려면 강물이 되고 바다로 나아가야 한다. 서로에게 섞이고 스미는 것을 두려워해서는 안 되는 것이다. 그렇게 흐르는 물은 대지를 촉촉이 적셔 생명을 싹트게 하고, 연약한 동물들의 타는 목마름을 해결해준다. 마르지 않고 흐르는 물이 결국 인류를 지속가능하게 발전시키는 것이다. 나는 슬립링코리아가 그러한 기업이 되길 희망한다.

기술개발이 우리 자신의 행복을 넘어 인류발전에 기여하길 바란다. 이 세상 모든 엔지니어가 이와 같은 꿈을 꾼다면 미래는 지금보다 훨씬 윤택하고 풍요로워질 것이라 믿는다. 혹여 우리의 기술개발이 이윤창출로 이어지지 않을지라도 사회를 이로운 방향으로 변화시켰다면 충분히 보람과 긍지를 느낀다. 이는 다시 내 아이들이 살아갈 세상을 더 풍요롭게 발전시키는 초석이 된다.

슬립링코리아의 발전이 나와 우리 가족, 임직원과 그들의 가족을 넘어 지역사회의 발전, 나아가 국가경쟁력 강화에 이바지하는 것이 바로 내가 꿈꾸는 슬립링코리아의 내일이다.

패스트팔로어에서
퍼스트무버로 거듭나다

슬립링코리아는 투자의 일순위로 근무환경 개선과 R&D개발을 꼽는다. 근무환경이 쾌적해야 즐겁게 일할 수 있고, 신기술 개발이 기업의 지속가능한 성장 동력을 확보하기 때문이다. 이 사실만 명심해도 기업은 성장할 수 있다. 지난날 내가 다녔던 모든 회사가 시간이 지날수록 경쟁력을 잃어버렸던 것은 바로 직원들을 애정으로 대하지 않고 눈앞의 이익에 연연한 결과였다.

직원을 사랑하지 않으면서 주인정신을 강요하는 것만큼 어리석은 사장도 없다. 기술개발에 주력하지 않으면서 경쟁력 강화를 외치는 것도 어불성설이다. 그런 의미에서 사옥을 지은 뒤 식당을 쾌적한 1층에 마련했고, 주방과 샤워시설을 갖춘 기숙사를 지었다. 꼭 숙식을 하지 않는다 해도 혼자만의 아늑한 쉼터를 마련해놓은 것이다. 여직원들이 모여서 쉴 수 있는 공간도 별도로 마련했다. 회사가 집처럼 편안할 수는 없지만 출근길이 즐거울 수 있도록 신경을 쓴 것이다.

식당 주방을 책임지는 사람은 둘째 누나다. 그 덕분에 둘째 누나는 안정적인 직장이 생겼고, 직원들은 화학조미료가 첨가되지 않은 집밥을 먹을 수 있게 되었으니 일석이조다.

R&D개발을 위해 연구소에서 필요하다고 말하는 기자재는 최우선적으로 지원하고 있다. 그 결과 하루가 다르게 기술력이 진보하고 있다. 초기에는 독일의 기술을 따라가던 패스트팔로어였다면, 이제는 퍼스트무버가 되어 슬립링 시장을 견인하고 있다. 휴대폰에 있어 글로벌 강자인 삼성전자, 애플, LG전자의 파트너가 되었을 뿐 아니라 디스플레이 분야에서도 괄목할 만한 성과를 거두고 있다. 그 외에도 자동차, 에너지 제작, 제철 및 방산산업 등 다양한 산업에 진출해 성공을 거두었다.

물론 우주산업과 방산산업의 경우 독일이 절대강자 자리를 고수하고 있다. 정밀성을 요하기 때문에 작은 오차도 허용되지 않아 오랜 노하우가 필요하기 때문이다. 독일이 전 세계 시장을 점유하고 있다고 해도 과언이 아닌 만큼 슬립링코리아의 주력 분야는 아니다. 그럴지라도 그와 관련한 기술개발에 주력하고 있다. 머지않아 국내 방산산업에도 슬립링코리아의 제품이 사용되길 바라는 마음에서다. 국산기술력으로 만든 국산 탱크와 장갑차 또한 자주국방 시대를 여는 길 가운데 하나라고 믿기 때문이다.

그 과정에서 몇 해 전 굴지의 방산업체와 함께 감시용 카메라에 필요한 슬립링을 개발했었다. 휴전선 전역에 배치된 감시카메라에 사용할 예정이었으나 최종 생산에는 도달하지 못했다. 독일산 제품과 견주어 손색이 없었으며 가격도 5배 이상 저렴했지만 'made in Germany'의 벽을 넘지 못했던 것이다.

그 일을 계기로 반드시 방산산업에 진출하겠다는 새로운 꿈이 생겼다. 가격경쟁력이 국가경쟁력으로 이어지는 것은 물론, 앞서 말했듯 우리 기술로 휴전선을 지킨다면 상상만 해도 가슴이 뿌듯해진다.

독일산 슬립링 제품의 기술력을 100점이라고 했을 때 현재 슬립링 코리아의 기술력은 모든 산업을 아울러 90점에 해당한다. 휴대폰과 디스플레이는 당연히 100점 만점에 100점이다. 기술력뿐 아니라 가격경쟁력까지 있으니 국내를 넘어 글로벌 시장을 견인할 수 있다고 확신한다. 따라서 본격적으로 해외영업에 박차를 가하고 있다.

다만 우주산업과 방산산업에서는 기술력을 좀 더 끌어올려야 하기에 현재에 안주하지 않고 계속해서 R&D개발에 주력해 우주선, 군함, 탱크 등에 들어가도 손색이 없는 슬립링을 개발할 계획이다. 그러다 보면 분야를 망라해 최고가 될 수 있으리라 기대한다.

진정한 퍼스트무버, 히든 챔피언이 될 것이라 확신한다.

담장을 넘어
더불어 사는 바다를 향해

슬립링코리아를 설립한 지 어느덧 10여 년이 흘렀다. 인간의 시간으로 보자면 긴 시간일 수 있으나 기업의 역사로 보면 짧은 시간이다. 창업자금이 단돈 100만 원인 회사가 연 매출 100억 원대로 성장했으니, 기적이라면 기적이다.

전 직원이 한마음 한뜻으로 이루어낸 값진 결과지만, 문득문득 어딘가에서 아버지가 지켜주고 계시는 것은 아닐까라는 생각이 든다. 아버지와 반대로 살겠다는 다짐이 나에게 근면성실함을 가르쳐주었고, 땀 흘림의 가치를 일깨워주었기 때문이다. 그 덕분에 단 하루도, 일분일초도 허투루 살지 않았다고 자부한다.

그러한 반면에 가족을 향한 극진한 사랑과 개척정신은 아버지에게 물려받은 값진 유산이다. 엄동설한, 돈이 없고 집이 없어도 어린 시절의 나는 걱정을 하지 않았다. 망치와 톱만 있으면 허허벌판에도 뚝딱뚝

딱 가족의 보금자리를 짓는 아버지가 계셨기 때문이다. 손재주가 얼마나 좋으신지, 아버지가 지나가고 난 자리에는 겨울 한파에도 끄떡없는 아늑한 움막이 세워졌다. 돈이 없어도 가족과 함께 있으면 행복할 수 있다는 사실을 아버지에게 배웠으니, 지난 시간을 되돌아보면 불행했던 기억은 남아 있지 않다.

어디 그뿐인가. 무에서 유를 만들어내시는 아버지를 보며 100만 원밖에 없을지라도 좌고우면(左顧右眄)하지 않고 과감히 창업의 길로 도전했다. 의식적으로 아버지를 닮지 않겠다고 되뇐 덕에 아버지의 단점을 걸어냈지만, 피는 물보다 진했으니 무의식적으로 아버지의 장점을 닮아가고 있었던 것이다. 지금의 성공을, 오늘의 행복을 아버지에게 감사하는 까닭이다.

아버지가 내게 물려준 또 다른 유산은 바로 나눔이다. 아버지는 아무리 가난해도 움켜쥐는 법을 몰랐다. 첫째는 자식, 뒤이어 부모형제 그리고 이웃에게 자신의 것을 기꺼이 내어주셨다. 그것이 행복이라며 너털웃음을 지으셨던 아버지.

그런 의미에서 아버지도 아버지만의 방식으로 높은 담장에 오르는 데 성공하셨다고 할 수 있다. 아들인 내가 아버지의 삶을 기억하고, 존경하고, 사랑하고 있으니 말이다.

거북이처럼 느릿느릿 걸어왔던 나도 조금씩 정상을 향해 올라가고 있다. 아버지의 보살핌, 아내의 헌신 그리고 임직원들의 열정 덕분이다. 그 사실을 누구보다 잘 알고 있으니 그 옛날 아버지처럼 온정을 나누는 사람이 되고자 노력한다.

그 시작은 내 곁에 있는 사람들에게 최선을 다하는 것이다. 슬립링 코리아의 임직원 모두가 내게는 소중한 가족이므로, 그들의 열정이 오롯이 과실로 되돌아가는 기업문화를 만드는 것이 경영철학이자 원칙이다.

따라서 '직원들이 먼저 월급 인상을 요구하기 전에 노력한 만큼 월급을 인상해준다'는 원칙을 세운 뒤 실천하고 있다. 지속가능한 성장 동력을 만들어서 직원들과 함께 더불어 행복할 수 있는 문화를 만들려는 것이다.

혹자들은 나의 경영철학이 지나치게 이상적이라고 말한다. 급여를 비롯해 복지향상은 단계를 밟아나가야 한다고 말한다. 니즈가 생기기 전에 충족시켜주면 자칫 고마움을 모를 수도 있다고도 덧붙인다. 충분히 공감되는 이야기지만, 그럼에도 불구하고 내 경영철학은 흔들리지 않는다. 예상치 못한 선물을 받고 기뻐하는 직원들의 밝은 미소를 볼 때 경영자로서 벅찬 감동과 긍지를 느끼기 때문이다.

아버지가 물려주신 행복유전자가 슬립링코리아에서 발현되고 있다는 사실만으로도 나는 행복하다. 그 옛날 아버지가 하고 싶어 했으나 경제적으로 넉넉지 못해 할 수 없었던 사랑을 베풀 수 있음에 감사하는 것이다.

거북이가 담장에 오르는 것은 기적에 가까운 일이다. 그 기적은 거북이의 의지와 곁에 있는 모든 이의 크고 작은 도움에서 완성된다. 누구보다 그 사실을 잘 알고 있는 나다. 알에서 깨어난 거북이들이 떼를 지어 모래언덕을 오르고 결국 함께 바다에 이르듯이, 나 역시 더불어 살아가는 슬립링코리아를 만들고자 느리지만 쉼 없는 걸음을 이어가리라.

높은 담장 너머로 펼쳐진 드넓은 바다를 향해.